魔女沫沫的另類修行

魔物師競賽

9

蘇飛 著
Tamaki 繪

新雅文化事業有限公司
www.sunya.com.hk

目錄

羅賓

魔女沫沫的修行助使，牠是一隻十分囉嗦的知更鳥。

沫沫

小魔女，十歲，具有神秘的魔覺力。外表與人類相似，但長得十分矮小。她臉色雖有些蒼白，神情也很冷酷，卻宛如洋娃娃般精緻美麗。有時沫沫為了幫助人類，會違規使用魔法。

齊子研

小魔女，十一歲。聰明而有點高傲，個性外向而衝動，總是魯莽行事，沒有耐性，脾氣來得快也去得快。

喬仕哲

小魔子，十一歲。子研的表哥，是守規矩的乖乖紳士，不喜歡觸犯規則是因為不想讓自己陷入危險或不好的事情當中。

房米勒

小魔子，十一歲。魔法力不高，常被同輩欺負，但為人熱情憨厚，總是熱心助人。口頭禪是「你不知道」。

嚴農

沫沫的養父，是魔侍中的貴族。由於擅長煉藥，被人稱為魔法藥聖。

魔侍知識

定身力
讓物體定住無法移動。

咒語：
斯達地落，定！

控制力
短暫控制清醒狀態的物體行動。

咒語：
耶勒勾斯，(動作指令)！

對換力
可將兩個物體對換過來。

咒語：
安塔雷及，換！

迴旋力
讓鎖定追蹤的物體旋轉向自己。

咒語：
倍曆絲陀羅飛己，回來！

幻想力
製造指定物件或氣味的幻象。

咒語：
歡打戲牙，(物件／氣味)！

催眠力
讓物體睡去。

咒語：
系諾絲，眠！

顯露力
讓躲藏的東西顯露出來。

咒語：
阿捕卡匿不躲，顯露！

離心魔法力
讓物體產生離心的力量，
遠離向心的吸引力。

咒語：
飛裏割特落斯——地納迷，離！

魔侍手冊

每個魔侍都有一本魔侍手冊，翻開第一頁即寫明魔侍必須遵守的守則。

魔侍們還可以透過魔侍手冊查找所需資料，比如找出需要幫助的人類資料、煉藥小屋可以安置的地方等等。

綠水石

一塊晶瑩剔透、大小有如一顆雞蛋的暗綠色石頭，屬於稀有魔法物品。

通過它，魔侍能看到某個人類的行動與狀況。它還具有預示危險事件的魔力及視像通話功能。

魔法緞帶

一種特殊魔法道具，必須通過提煉而成。有各種不同功能的魔法緞帶，比如變形緞帶、搬運緞帶、移行緞帶等等，每種緞帶具有不同顏色。

「鼴鼠」小組

「鼴鼠」小組成立的原因，是為了追查虐待狛狳小球及私自放出古生物的可疑魔侍，行動代號為「鼴鼠」，小組成員包括沫沫、米勒、仕哲和子研等人。

這些都只是一小部分的魔侍知識。若想提升魔法力，你就要多留意書中提到的各種知識了！

⤜魔侍守則第一條⤛

不能用魔法有意傷害人類。

⤜魔侍守則第二條⤛

與人類保持距離，
不能與他們成為朋友。

⤜魔侍守則第三條⤛

守護人間正義及秩序，
有能力者必須幫助地球上
需要幫助的人。

引子

在很深很深的叢林裏頭，住着一羣不為人知的特別物種——魔侍。

魔侍的外觀與人類相似，他們與人類最大的分別，就是擁有某些特殊的神秘力量——魔法力。

魔侍與世無爭，熱衷於修行，並分為三個族羣——費族、仁族和松族。

他們與人類一樣有男女之分，男的被稱為魔子，女的則喚作魔女。

魔侍與人類原本河水不犯井水，互不相干。直到某一天，一位人類踏入他們位於叢林深處的家園……

從此，人類便與他們扯上了關係。

叢林周邊的小城鎮開始有一些關於他們的流言蜚語，甚至有人傳唱：

潘朵拉的盒子開啟了

在東方最隱秘的森林

魔女狂妄起舞

酷暑夏至來臨

眾星繞月之時

傲慢人類承受浩劫

魔侍不喜歡人類對他們的誤解，因此他們之中有些人走出叢林，來到人類的世界。

如果你遇見了他們，是幸運，還是不幸呢？

第一章
傀儡蟲的剋星

在一片**廣袤**的無人之域，大地乾枯龜裂、草木不生，常年氣溫零下二十度以下，因此幾乎從來沒有人類踏足這裏。

寂寥的畫面突然出現兩個小小的黑點。

那是兩個使用飛行力快速飛翔的魔侍。

他們飛了好一陣，降落於一處長長的峽溝旁。

其中一位，正是尼克斯魔法修行學校的校長科靜，另一位則是年約四十的健壯魔子。

科靜凝視着眼前那**深不見底**的深溝，對那名魔子說：「你確信就在這條峽溝下面？」

「讓覓龍再確定一下吧！」

說着，魔子從懷裏取出個類似羅盤的銅器，對着峽溝探測，然後口中唸了些**語音含糊**的咒

語，緊接着，銅器錶盤上顯現出一絲青煙。

魔子繼續唸着咒語，不一會兒，青煙幻化成一條長約十公分，外形如神話故事中龍的形象的生物。

他成功召喚覓龍來了。

覓龍是附着於古羅盤的幻想生物，存在於古老的時空中，牠搜尋着錶盤上的刻度，在古老文字的刻度上來回**盤旋**。

最後覓龍停在兩個刻度之間，魔子看了看刻度，對照眼前的深溝，說道：「沒錯，落差應該在十米之內。」

科靜頷首，道：「這麼說來，這溝谷底下就是傳說中的不凍湖？」

「嗯。不凍湖在常年冰寒的山谷中不會凍結，但湖內無法生長任何生物，唯有雪狐蟲能悠遊其中。」

「真的有雪狐蟲？」

「嗯。我被古長者任命尋找傀儡蟲的**剋星**，

探聽了許多年，終於在偏僻的沙漠博物館找到解毒手抄本。上面寫着傀儡蟲屬於魔侍年兩千年之前的稀有物種，一旦進入魔侍體內，魔侍就必須找到某種蟲子**沐浴**過的湖水，只有這種湖水所含的成分才能將傀儡蟲逼出魔侍體外，而這種蟲子正是雪狐蟲。」

科靜呵口氣，道：「原來那麼多年你都在尋找傀儡蟲的剋星。看來古長者早已猜透魔侍世界將會遇到的危機。」

魔子點點頭。

「怪不得一直沒看到你。」科靜望向那魔子，欲言又止，雖然她有些話很想詢問這位魔子，但還是忍住了。最後她說：

「雪狐蟲只生長於不凍湖內？其他湖水中都找不到嗎？」

「我找遍了世界各地的**河川湖泊**，都沒有找到。相信正如解毒手抄本上所寫，雪狐蟲只存在於不凍湖裏。」

魔子看着深邃的溝谷，呵口氣道：「只有試一試了。這次魔侍世界的危機應該是由一羣被傀儡蟲控制的魔侍引發。我們必須找到雪狐蟲沐浴過的湖水，才能一舉解決傀儡蟲危機。」

「嗯。」

兩位魔侍凝視深不見底的溝谷，下一秒，他們已躍進將大地撕裂開來的縫隙中。

由於地勢狹窄，他們無法施展飛行力，只能使用速度力沿着凹凸起伏的山壁攀行。

狹窄的峭壁從上而下，越靠近地底平面越加開闊，呈一個壺狀的空間。

「壺底」果然有個**清澈無比**的湖。

「是不凍湖！」科靜不禁激動地叫了起來。

他們迅速施展飛行力飛往湖面。

湖水清澈見底，因此，他們很快就發現一條條漂着長長紅色尾巴的雪狐蟲。

「現在，我們只需要盛取雪狐蟲沐浴過的湖水……」

科靜說着，接住她懷中的修行助使莫栗——一隻迷你變色龍——遞過來的銅壺。

　　她低下頭，扭開壺嘴，誰知就在低頭的瞬間，湖水內竟有個透明的怪物伸展向科靜！

　　「不——！」魔子大叫道，但那透明狀怪物已用**迅雷不及掩耳**的速度將科靜整個包圍！

　　魔子只來得及瞥見科靜被捲入水中前那**錯愕**的表情，下一秒，透明怪物已帶着科靜迅速沉入湖內⋯⋯

第二章
競賽前夕

尼克斯魔法修行學校內洋溢了滿滿的喜慶氛圍。

魔子魔女宿舍門口及「魔法味蕾」食堂等地都掛着**宣傳橫額**：

「想馴服各種生物成為修行助使，加入魔侍世界受人敬仰的魔物師行列嗎？快和伙伴組隊一起挑戰魔物師競賽吧！」

行政大樓也掛上了大大的橫幅，上面寫着：

「6025年魔物師競賽！魔侍世界年度盛事隆重登場！

第一日競賽項目：捕手追逐賽；餵食生物賽。

地點：尼克斯魔法修行學校競技場。

第二日競賽項目：終極馴服賽。

地點：坎德瑞濕土林（觀眾坐在競技場觀看熒幕轉播，不得擅自靠近濕土林）。」

一羣魔子魔女湧向行政大樓前方圍觀賽事橫幅，大夥兒**嘖嘖稱奇**地討論不停。

沫沫和米勒、仕哲、子研好不容易擠到了前面。由於這屆賽事規定二人一組，他們四位正好組成兩組隊伍參賽。

「我看看……哦，第一天的競賽是捕手追逐和餵食生物，第二天是終極馴服。嘿，我們在浮日島特訓時進行過這三項訓練*，對我們來說應該不會太難吧？」子研**喜上眉梢**地說。

「別小看了競賽，惡神說過，真正的競賽肯定比特訓難上幾倍。」仕哲提醒道。

「比特訓難上幾倍？不是吧？特訓時我都快要**虛脫**了，我不確定自己能不能順利完成競賽啊……」米勒面露難色地嘀咕着，突然，正盯着

* 想了解子研他們在浮日島特訓的各種經歷，請參閱《魔女沫沫的另類修行8：浮日島特訓》。

橫幅的他嘴巴張得好大好大，下巴幾乎都要掉下來了！

「你在看什麼？」仕哲好奇問道。

米勒指指橫幅下方的幾行小字。

大夥兒湊前去，只見那兒寫着：

「只售兩日套票，憑票入場。

貴賓席一千銀幣，觀賞席五百銀幣，自由席二百五十銀幣。

入口處售賣觀賽用具：伸縮式自動變焦單筒望遠鏡，優惠價一百銀幣。空氣清新凝膠噴劑，一罐五十銀幣。」

「一千銀幣？一千銀幣啊！簡直可以買個超級無敵厲害的修行助使了！」米勒捂着胸口，大大地倒吸口氣。

「看個競賽居然要花那麼多錢？」

子研盤着雙手，似乎很不以為然。

「我一輩子都不可能看這麼昂貴的競賽啊……」米勒眼神恍惚，嘴巴還是合不攏。

一旁的仕哲見米勒那洩氣又沮喪的樣子，不禁失笑。

　　「真是的，還以為你在擔心什麼。」他拍拍米勒的後背，難得露出俏皮的模樣，語氣平靜地說道：「我們是選手，有特定的選手席位，不用花錢就能觀賽啊！」

　　「啊？」米勒愣了一下，張得老大的嘴這才慢慢合下來，心有餘悸地說：「嚇死我了！幸好我是參賽者！」

　　這時他們後方傳來一道聲音：「嘿，你居然慶幸自己是參賽者？你也太天真了吧？」

　　沫沫轉過頭去。站在他們後方的，正是學生會的正副主席——康拉德及吳萱。

　　「你們即將面對的，可是一羣未經**馴化**的生物。聽說上屆的競賽有魔侍被一種名喚南美毒寡婦的蜘蛛咬傷，身中劇毒，差點兒就歸西！還有魔侍被野蠻生物追趕出競技場呢！」

　　「除了要擔心未知的可怕生物，你們還得面

對其他魔法學校的頂級選手啊！」吳萱搖搖頭，歎氣道：「他們可都是嚴選出來的精英，你們這幾個水二班的小魔侍想跟他們鬥？哈哈，開玩笑！」

沫沫他們聽得一驚一乍的，都瞪大了眼，顯得有些**不知所措**，這時有把聲音從不遠處傳來：「別在意其他魔侍的話，他們就是喜歡嚇唬你們。」

沫沫看見艱難地穿過人羣走來的魔女──蕭媛，喜上眉梢地喚道：「蕭媛！」

子研問：「她也有參賽，對嗎？我記得參賽名單有她的名字。」

沫沫點點頭，道：「是啊！蕭媛學姐的定身力非常好，又曾在訓練所打工，很適合挑戰魔物師競賽。」

沫沫朝走向他們的蕭媛打招呼。

「嘿！是不是嚇唬他們，過兩天就知道了。」康拉德不悅地扁了扁嘴，瞅着蕭媛説：

「想不到你也有參賽，真是一羣**不自量力**的傢伙。」

「總好過只會說別人差勁，自己卻不敢參賽的學長學姐，對不？」

蕭媛一句話就令康拉德和吳萱無話可說，沫沫和伙伴們暗自偷笑。

「我看看——哦，第二天的競賽竟然在坎德瑞濕土林……平常那兒可是被**嚴密看守**的禁區之一呢！」蕭媛説着，皺起眉頭，似乎對這地方感到畏懼。

尼克斯魔法修行學校內有幾處不允許學生踏足之地，每處都派有魔侍輪流看守，坎德瑞濕土林即屬於其中一個禁區。

「你現在曉得危險了吧？坎德瑞濕土林裏頭可是蘊藏了不知名的可怕生物呢！」康拉德仰高着鼻子説，「我勸你們還是儘快**打退堂鼓**吧！何必為了成為*微不足道*的魔物師而丟了小命？」

「競賽總是有風險的，既然決定參賽，我和伙伴一定不會退縮。」蕭媛冷靜地回道，「另外，魔物師一點都不微不足道，而且還是魔侍世界非常重要的職業。如果大家都像你們這般*畏懼膽怯*，魔物師將沒有承傳者，修行助使也會逐漸減少甚至消失！」

康拉德被蕭媛說得像沒用至極的膽小鬼，臉灰灰地辯解：「哼，我才不是害怕！我可是身負重任的學生會主席，哪有時間參加？」

接着他趕緊吩咐吳萱：「走吧！明天外校賓客到來，還有一堆事要處理呢！住宿和飲食都得安排妥當，萬老師說了，我們尼克斯魔法修行學校可不能有任何失禮之處……」

說着他們迅速竄出人羣。

沫沫欽佩地望着蕭媛，問道：「你的搭檔是誰？」

「是跟我同樣屬於松族的風五班學姐芙蓉。」

「哦！我聽過她！歐芙蓉對吧？她可是**風雲人物**！」子研驚喜地睜大雙眼。

「嗯，兩年前魔法力測試時，曾在競技場幫助其他同學完成測試的松族學姐！」仕哲補充道。

「哦？怎麼幫助其他同學？」沫沫好奇問道。

子研趕忙搶着説：「她完成三階魔法力測試的評核項目時，正好有兩位魔侍錯誤使用魔法力破壞了考場裝備，芙蓉學姐沒有像其他魔侍那樣離開考場，而是回頭去修補考場，讓那兩位同學順利完成測試，並且都在限時內完成！」

子研呵口氣，繼續説道：「這不僅僅要速度快，還得精準判斷及組合所需使用的魔法力，她完美地解決了老師出的難題，同時**彌補**了同學的錯誤，簡直太強大了！她還因此獲得魔法力最佳發揮獎呢！」

子研一臉仰慕地眨了眨眼。

「魔法力最佳發揮獎是非常高的**榮譽**。」仕

哲頻頻點頭地讚許。

「對啊！近幾年就只有歐芙蓉拿過這個獎！你說她是不是超級厲害？」子研說。

「有這麼厲害的學姐參賽，我是不是不參加比較好？」米勒低下了頭，他又陷入自我懷疑的狀態。

蕭媛仔細地瞅瞅米勒，道：「你們知道哈里斯太太平常總是不說好話嗎？不過，提到你有參賽時，我還是頭一遭看到哈里斯太太不揶揄競賽者呢！」

說着，蕭媛朝米勒挑了挑眉道：「你可是我們的勁敵。」

米勒頓時漲紅了臉，急忙否認道：「我怎麼可能是你們的勁敵？你不知道，我一階魔法力測試可是墊尾……」

「那又如何？魔物師可不是測試成績好就能當上的。」仕哲也加入鼓勵米勒。

「對啊！米勒你可是成功馴服了令哈里斯太

太最頭痛的伶鼬啊！*連你都那麼看輕自己，我們這些沒有**天賦**馴服生物的魔侍更沒有必要參加了吧？」子研也幫腔道。

「不……好吧，我必須改掉沒有自信的習慣。」米勒不好意思地抓抓頭。

「那就對了！別一直畏畏縮縮，我可沒有耐性一直鼓勵你，真是的！」子研不耐煩地朝米勒翻了下白眼，大夥兒都不禁笑了起來。

此時沫沫突然感到背後似乎有雙眼睛在盯着他們，她轉過頭去，卻沒發現任何可疑的魔侍或視線。

「怎麼了，沫沫？」羅賓問道。

「哦，沒什麼。」沫沫晃晃頭，繼續加入伙伴們的話題。

沫沫的直覺並沒錯。此刻在羣眾上空，有個隱藏着的身影正**打量**着沫沫他們……

---

* 想了解米勒馴服伶鼬的經過，請參閱《魔女沫沫的另類修行8：浮日島特訓》。

第三章
貴賓蒞臨

這天早晨，與往常似乎不太一樣。

一羣百靈鳥在尼克斯魔法學校上空飛舞着，牠們**委婉清脆**的歌聲悠揚地在校園內迴蕩着，大夥兒都被那悅耳的歌聲叫醒了。

學校入口的一大片看守藤蔓這會兒驟然往兩邊急速退縮，學校圍籬往外打開來，負責開路的小巴駛了進來。緊接着，門口出現一架華麗閃亮的豪華巴士，車身繪製了色彩濃烈的動物狂歡圖，車頭上裝飾着**五彩繽紛**的霓虹燈管，一閃一閃高調地駛了進來，車上坐着的魔侍都迫不及待地靠在車窗邊往外瞧，大夥兒你一言我一語地嘰嘰喳喳說個不停。

後方馬上又有一輛看似堅固無比的軍用卡車駛進來。這輛卡車沒有任何裝飾，方方正正的硬

殼，顯得非常低調。灰綠色的車身全然密封着，只有車頭駕駛座位有兩扇車窗，看起來非常神秘，完全看不到裏頭的學生。

最後，是一輛舒適而風格極簡的旅遊房車，車頭上方凸起的部分安裝了一塊太陽能發電板，車頂設有座位及活動空間，幾位原本坐在那兒的小魔侍站了起來，**謙謙有禮**地朝大夥兒揮手致意。

車子浩浩蕩蕩地往尼克斯魔法修行學校的愛禮納大樓*行進，沿途兩側都有魔侍拍手圍觀，迎接稀有賓客的到來，空中更是燃放了雪花禮炮及噴灑了味道甜美的花香霧氣，點點雪花**飄拂**於大道，非常壯觀漂亮。

沫沫和三位小伙伴，還有其他參賽者及老師都坐在愛禮納大樓底層的咖啡廳，等候各校貴賓的到來。大夥兒聆聽着外頭**響徹天際**的熱鬧歡

---

* 愛禮納大樓：尼克斯魔法修行學校內招待賓客的大樓，裏面除了有多間舒適的客房，還設有會議廳、展覽廳、咖啡廳及娛樂設施。

呼，不禁都坐不住了。

在門口等候着的萬聖力老師、咕嚕咚老師及科靜校長的助理正在引頸期盼着賓客，而平常不太露面的哈里斯太太也少有地盛裝打扮站在一旁。

哈里斯太太向來凌亂蓬鬆的頭髮今天卻打理得頗為整齊，一身古舊的衣物也煥然一新，換上了褐色小馬甲西裝長褲套裝，眼眉間也充滿英氣，不再一副老愛挑剔的刻薄表情，沫沫和米勒剛才經過時差點兒認不出她呢！

「哈老太婆，你可終於等到你的好對手了啊！」咕嚕咚饒有興趣地說。

「嘿，可不是？幾十年沒見了。想當年我跟她水火不容，現在卻要迎接她。」哈里斯太太盡量睜大但看起來似乎沒什麼兩樣的細小眼睛，目光犀利地說：「想到我們的學生即將在賽場上一較高低，我渾身就充滿了幹勁！」

她雙目幾乎噴出火來，萬聖力冷冷地一笑，

說：「難得看你裝束得體，原來是宿敵相見。」

「哼！我當然不會輸了氣勢。」哈里斯太太冷哼一聲，仰高了頭，拉了拉小馬甲，一副勢不可擋的模樣。

「科校長吩咐我們要好好招待賓客，你可別因你們之間的**恩怨**對貴客招呼不周啊！」咕嚕咚說。

「最會闖禍的不就是你嗎？你管好自己就好。」萬聖力扯了扯嘴角，說道。

哈里斯太太信心十足地微微一笑，說：「放心，我不是那種**公私不分**的魔侍，該做的禮數我都會好好做。」

「不過，科校長肯定會在競賽前回到學校對嗎？萬一她趕不及怎麼辦？」咕嚕咚顯得有點擔憂。

「我當然有所準備。我已知會凌老師、阿比老師及文娛部主任預備支援。不過，科校長說會趕回來就肯定會，除非……有意外發生。」萬聖

力幾乎**呢喃**着說完最後一句話，他的目光飄向進入視線的賓客車輛。

門口附近的迎賓隊伍此時發出了歡呼聲，一時間，氣氛激動歡騰不已。

咕嚕咚興奮地叫道：「來了，來了！終於來了！」

尼克斯魔法學校文娛部的吹奏隊奏起了愉悅的歡迎曲，指揮正是剛才萬聖力老師提及的文娛部主任——安妮達。

開路的小巴士及三輛各有特色的貴賓座駕緩緩駛了過來，大夥兒**嚴陣以待**地等候着。

小巴領着賓客的車子停放到一旁的停車場，接着，小巴上跳下一位身姿挺拔而高瘦的魔子，他正是凌老師。

凌老師**笑容可掬**地領着一眾賓客來到愛禮納大樓，萬老師、咕嚕咚和哈里斯太太迎上前去，招呼風塵僕僕遠道而來的賓客們。

走在最前方的一位魔女派頭十足，一襲華貴

的黑金相間絲綢長裙，配上亮眼的金燦燦首飾，簡直像時尚界的女王。她眼神對上哈里斯太太，陡地挑了挑眉，撇了下嘴，但那微妙的表情一閃而過，除了哈里斯太太這位死對頭，大概也沒有魔侍能發現這麼細微的變化。

愛禮納大樓內，安妮達不知何時以素雅大方的裝扮出現在咖啡廳中央的小舞台。她拿着麥克風，聲音清亮地介紹道：「歡迎來自南半球最**顯赫著名**的赫美樂魔法修行學校的師生們！」

「不愧是文娛部主任，好得體啊！」子研兩眼直愣愣地望着安妮達，興奮地對沫沫說。

沫沫正疑惑為何不是由一向主持活動的活動部主任施密特·凱特琳小姐來主持，但她來不及細想，就被入場的魔侍吸引了注意力。

只見門口走進一隊魔侍，他們以華麗熱情的姿態向大夥兒揮手打招呼，高調地走了進來。

子研忍不住**讚歎**：「他們的校服真漂亮！領隊的老師簡直像超級明星，太漂亮耀眼了！」

那領隊老師正是哈里斯太太的宿敵——號稱「萬人迷」的克萊兒。雖然有點年紀，但丁點兒都無法遮掩她由內而外散發的魅力，一舉一笑都牽引着羣眾的目光。

大夥兒熱情地拍手迎接賓客，哈里斯太太嘴角微牽，領着赫美樂魔法修行學校一眾師生坐到舞台前方的貴賓座。

克萊兒坐下時，朝哈里斯太太瞄了一眼，客氣地説：「居然由你來招呼我們啊，真是太榮幸了！」

哈里斯太太聽出這句客套話中含着揶揄的意味，她禮尚往來地回道：「能招待到萬人迷克萊兒女士，哦不，是克萊兒公主大人，我才是三生有幸啊！」

説着哈里斯太太禮貌地幫克萊兒拉開座椅，克萊兒故意遲疑一下，對哈里斯太太禮貌地點點頭，道：「服務好周到，不愧是曾得過最強馴服師『第二名』的魔物師。」

哈里斯太太抖了抖眉，雖然知道克萊兒肯定會用這事來炫耀自己，但她還是忍不住動了氣，暗罵道：「該死，這傲慢公主就是要我說她是最強馴服師第一名的魔物師吧？哼！我偏不上當！」

　　「承蒙讚賞，這些名譽何足掛齒，最重要是我們的小寶貝得到最好的訓練和愛護，對嗎？」

　　克萊兒挑高眉，與哈里斯太太四目相對了半秒，兩位死對頭的對峙盡在不言中。

　　這時另一組隊伍入場，安妮達大聲宣布：「歡迎歷年培養出最多麒麟閣士的學府——克里穆魔法修行學校師生蒞臨！」

　　子研立即伸長了脖子，盯着進場的魔侍們，沫沫對伙伴們說：「子研應該很想入讀這間魔法學校吧？」

　　仕哲點點頭，說：「當然，她一直以來的夢想就是成為麒麟閣士。不過姨丈不放心她離家太

遠。」

子研哀怨地歎口氣，緊皺着眉頭道：「爸爸就是愛管束我，我根本沒辦法自由選擇和行動。」

她仰慕地望着克里穆魔法修行學校的魔侍們，他們看起來是那麼的優秀，一個個**眼神堅定**，在萬老師的引領下俐落地就坐。

「最後，讓我們歡迎最有創造力的墨蒂思魔法修行學校的師生們進場！」安妮達指向入口處。

只見一羣魔侍在大夥兒的拍掌聲中走了進來，他們**彬彬有禮**地對大家行禮，看起來對周遭事物充滿了好奇心。

「為什麼說他們最有創造力？」沫沫問道。

「你不知道，這所學校可是出了最多發明魔法力的魔侍哦！」米勒敬佩地解釋道。

「原來如此。」沫沫顯得相當意外，「我真的對魔侍世界的許多事都不知曉呢！」

羅賓這時從沫沫懷裏鑽出來說：「沫沫你一直以來都只待在濕地家園，對魔侍世界的事當然不懂啊！」

「嘿，要是我啊，早就逃出去了！」子研努努嘴，對於沫沫那麼多年來被關在濕地家園足不出戶的事感到不可思議。

「沫沫可是一出生不久就待在濕地家園了，沒有和外界接觸的她當然不會想出去。」羅賓幫着沫沫解釋道。

「為什麼沒有和外界接觸？」

「外面那麼危險——」羅賓愣了一下，驚覺說漏嘴了，趕緊轉移話題，「哎！肚子餓扁了，還不能吃大餐嗎？」

這時正好安妮達致辭完畢，她望向萬老師，在萬老師示意下宣告道：「現在讓我們一起享用毫無負擔的豐盛餐點吧！」

才說完，從咖啡廳兩側即走出兩排穿着廚師服飾的男女魔侍，他們有序地將手中舉着的食物

端到每一桌。

　　大夥兒立即被眼前熱騰騰的湯汁吸引了。羅賓這才鬆了口大氣，沫沫的真實身分是絕對不能**洩露**的秘密，牠可不能讓大家對沫沫的身世起疑啊！

　　大夥兒迫不及待地開動了！雖然濃湯很熱，但大家都忍不住邊吹涼邊呼嚕呼嚕地大口享用。

　　緊接着，廚房的魔侍又連續端出營養豐富又健康的酒釀餃子、紅參燜海葵絲、炸糯米雜豆丸子、醬爆梅子魚卵奶黃包、文竹葉青茶湯飯、粉紅水蛋等等，不過這些菜餚分量都不大，大家每樣淺嘗也不會覺得太飽。最後還有飯後甜品焦糖水果羹，有點甜甜鹹鹹，既幫助消化還能滿足味蕾。

　　三校魔侍似乎都很享受其中。席間，大家一開始都低聲細語地說話，顯得很拘謹。直到咕嚕咚走過桌位向各校師生敬茶後，大夥兒被他豪爽的笑聲感染，漸漸**放下矜持**，自在地打開話匣

子。

與沫沫他們同桌的，是其他三組高年級參賽者，他們邊吃邊簡單地互相介紹。沫沫他們兩組隊伍是年紀最小的參賽者，其他三組一組是蕭媛和芙蓉，另外兩組分別是火六班的魔女及水七班的魔子。

大家互為競爭對手，但在外校隊伍到來後，大夥兒就顯得**同仇敵愾**。

火六班的谷方亭學姐開始對大家「爆料」，她悄聲說道：「要小心那位。」

谷方亭瞄向隔壁桌一位皮膚白皙，五官甜美的魔女。沫沫他們不敢**明目張膽**地看過去，只能偷偷瞅幾眼。

「她叫蜜雪兒。別看她嬌滴滴，據說她在天生魔物師競賽中取得第一名哦！」

「天生魔物師競賽？」沫沫困惑地望向米勒，米勒向她解釋天生魔物師競賽屬於區域性的競賽，只有南部幾所學校的魔侍能參賽。

「既然得第一了，為什麼還要來這裏參加魔物師競賽？」仕哲不解地問道。

「雖然得第一，但區域性的競賽無法拿到魔物師執照，必須通過全球具規模的競賽才能取得。」

「那為什麼只有三所魔法修行學校的魔侍來參賽？其他學校呢？魔侍世界有至少五十所魔法修行學校不是嗎？」子研也禁不住問道。

谷方亭**不疾不徐**地解釋道：「許多學校規模太小，有些學校雖然很大，但校內沒有設立訓練所，無法栽培學生，另外，也有一些學校剛好沒有學生報名參賽。所以，這一屆，包括我們尼克斯魔法修行學校，一共只有四所學校參賽。」

「嗯，我聽萬老師說過，報名參加魔物師競賽的魔侍逐年減少，所以今年才會那麼少學校參加。」蕭媛說。

「不過兩位魔侍一組參賽的方式好像從來沒有過。」歐芙蓉這時**開腔**說道。

「萬老師説是科靜校長的提議，魔物師公會通過後就正式公布了。」蕭媛回道。

「為什麼科校長會這樣提議？她有跟萬老師説明原因嗎？」沫沫看着蕭媛。

「應該是上一屆有魔子受了重傷，兩位一組比較安全吧？」蕭媛説。

「而且這一屆還有個附加獎項──魔物師競賽優勝者可以獲得麒麟閣士選拔資格。」歐芙蓉道。

「怪不得子研你**一反常態**，居然要我跟你一起組隊參賽。」仕哲恍然説道。

「嘿！不然你以為我為什麼那麼辛苦背誦整本修行助使食物圖鑑？」子研不禁呵口氣，露出一副**哀怨**的神情。

向來最怕背誦的子研終於在昨晚把整本圖鑑背完，為了成為麒麟閣士，她也算是拼盡全力了。

谷方亭學姐接着繼續「爆料」，比如克里穆

魔法修行學校的優秀魔子邦尼，曾在魔侍世界常識大賽獲得冠軍；墨蒂思魔法修行學校的覺力士、覺力氣兄弟，在魔法力發明賽中獲得金獎；哪位魔侍魔法力很高強等等。

　　大夥兒邊吃邊聊，沫沫覺得谷方亭學姐幾乎無所不知，真是名**萬事通**！沫沫從這位學姐身上獲得了不少從未聽過的趣聞和知識，她有參與魔物師競賽真是太好了！

第四章
悄悄進行的陰謀

正當尼克斯魔法修行學校全校師生沉浸於迎接競賽的氛圍中，校園內每個角落都瀰漫着**高昂歡樂**情緒的同時，一場陰謀卻在悄悄地進行着。

在得知子研跟仕哲報名參加魔物師競賽後，志沁一直悶悶不樂。尤其這幾天子研為了背誦修行助使食物圖鑑，連經過他身邊都不瞅他一眼，好像他是透明的空氣一樣。

志沁氣得無處發洩，只能到處閒逛，在無人之處把怪手放出來，一邊溜着怪手一邊對牠**大吐苦水**。

「要不是那個走後門在搞鬼，子研才不屑背那什麼爛圖鑑！」

「子研最喜歡的職業是麒麟閣士，她根本不想當魔物師。要是以前，她一定會對我說，沒有

本事的魔侍才會去當魔物師！」

「我到今天都還沒有機會把你介紹給子研，她要是看到你肯定會很喜歡。」

志沁說着說着，忍不住**臉部抽搐**，發起脾氣來。

「都是走後門的害的，現在子研都不跟我說話了！」

「哼！我一定要找出那個走後門的醜陋意圖，讓子研明白她有多麼糟糕！」

怪手知道志沁生氣了，五隻枯瘦的手指緊緊地夾在一塊兒。牠害怕志沁生氣，卻又不敢躲去一旁，只能縮起手指**微微顫抖**着等待他發完脾氣。

終於等到志沁發洩完畢，怪手放鬆下來，整隻手攤了在地上，誰知這時志沁突然變了張臉！

怪手之前也感覺過幾次志沁的古怪模樣，牠立時又縮緊了手指，生怕志沁一掌拍過來，牠枯瘦的手指可經受不起用力拍打啊！

只見志沁眼神迷蒙，嘴巴似乎沒有張開，卻發出**低沉沙啞**的聲音唸着咒語，然後吩咐怪手做事：「到這地方找一種叫迷醉粉的藥物，然後……」

　　怪手雖然沒有五官，但牠是經過特殊魔法處理過的魔法怪手，能知曉主人的心思及幫主人做事。不過，牠無法猜透志沁為何要牠做一連串奇怪的事，比如上一回在濕地家園時，志沁吩咐牠將刺眼蟲放進水中**龐然大物**的眼睛裏。*

　　這一回，怪手也同樣猜不透主人的意圖，不過牠的使命是完成志沁的吩咐，所以牠照舊硬着頭皮去執行志沁所下的奇怪指令。

　　怪手按着魔法手冊提供的地圖，來到尼克斯魔法學校的魔法溫室前。

　　怪手伏在門外「視察」。牠發現溫室內有一株圓葉棒槌樹搖擺着粗壯的「腰肢」，似乎在

---

* 想了解志沁和怪手跟隨沫沫回去濕地家園的始末，請參閱《魔女沫沫的另類修行7：黑暗崛起》。

巡視是否有外來者入侵。圓葉棒槌樹全身含有毒性，樹幹上長滿刺，被噴出來的刺刺中，可是會昏厥過去的！

幸好怪手對於「不讓人發現」這件事上頗為在行，牠機智地在魔法溫室外頭找了個小花盆蓋着，然後趁着圓葉棒槌樹巡查上方時，迅速地前進，圓葉棒槌樹轉過來時趕緊定住。就這般，怪手順利抵達實驗部。

魔法溫室有個實驗部，裏頭有位魔侍，他正是咕嚕咚的老同學──老龐。

老龐整天待在魔法溫室，也常鑽進實驗部做研究，要順利取出藥物，得趁老龐不注意的時刻。

怪手悄悄爬上了櫃子，在老龐專注觀察植物病菌時，迅速取得了櫃子內的迷醉粉。

怪手完成了第一個任務，趕緊溜出魔法溫室。

憑着牠矯捷的身手及細小的體形，怪手順利

潛進愛禮納大樓內，並依照主人的指示，搭上負責布置貴賓室的魔侍的工具推車。在那魔侍進去貴賓室布置時，怪手跳下推車，將迷醉粉灑到毛巾上。接着，牠又神不知鬼不覺地溜回工具推車，待那魔侍抵達下一間貴賓室時，**故伎重施**灑下迷醉粉。

如此這般，過了大約一個小時，該名魔侍推着工具車進入古老鐵閘式升降機準備下樓，怪手見已完成任務，趕緊從鐵閘縫隙竄出來，然後從

大樓視窗爬下去……牠顯得非常雀躍，期盼着主人能稍微稱讚牠的戰績。

　　殊不知，牠的一舉一動似乎被某個隱身魔侍看在眼底。在怪手離去後，貴賓房的把手被轉了開來，某個隱身魔侍將被灑了迷醉粉的毛巾取了下來……

第五章
針鋒相對的宿敵

這邊廂，愛禮納大樓咖啡廳內的魔侍們已用餐完畢，萬老師讓三校師生到樓上的貴賓住房休息片刻，待會兒將有高年級的魔侍帶領他們參觀校園，並會安排他們到附近的休閒步道區練習魔法力及舒展身體，為明天的競賽做好準備。

沫沫那桌的學長學姐散場後都離去了，她和小伙伴們準備去向哈里斯太太詢問比賽事宜，想不到卻目睹一場唇槍舌劍。

「你還揣着陳年舊事不放啊？都説了我不是故意的。」克萊兒甩了甩頭髮，別過頭去，正好面對着沫沫他們。

哈里斯太太瞪一眼克萊兒，道：「你當然不可能承認。當年發生的情景，我可是每個細節都記得清清楚楚！」

「記憶力那麼強，應該去考古部門**編纂**那些古老到長出蜘蛛網的史籍才對啊！」克萊兒嬌羞地用手遮住嘴巴笑了笑。

「再好的記憶力也比不上號稱萬人迷的克萊兒啊！你真的太會演了，完全看不出你是故意的。」

克萊兒瞬間沉下臉，但下一秒又恢復**風韻**十足的笑容，說：「我哪裏比得上你？裝病裝得大夥兒都看不出才是真本領！」

「呵，我裝病？你的修行助使還天花亂墜地稱讚我家小綠，跟你太像了！都一樣很討人歡心。」

「你家小綠才跟你**如出一轍**，連不修邊幅、毫不浪費的習慣都一模一樣。我還記得牠將你吃不完的文魚三文治打包回家，哈哈哈！真是太節儉了！應該頒牠一個最會省錢蟲子獎！」

小綠最討厭別人喚牠做蟲子了！牠激動得翹起了尾巴，全身變成紫黑色，哈里斯太太見狀趕

緊摸摸小綠的背部安撫牠。

　　哈里斯太太眼神犀利地看向克萊兒的修行助使——一隻披着金色外衣的雲斑金蟀，冷笑道：「你家蹦蹦才誇張，繞口令説得比誰都流利，牠的**花言巧語**還曾將地裏的懶懶蟲騙出來呢！你真是太會調教了！」

　　「不，不。我怎麼比得上你這位**小時了了**的魔物師呢？」

　　哈里斯太太翻了下白眼，「小時了了」是在諷刺她小時候了得，現在不行啊！她按捺怒氣，語氣溫和地説：「你真是抬舉我了！論美貌，哪個魔物師比得上你？」

　　「你是説其他方面大家都勝過我，對嗎？」

　　「我沒這麼説，你可是**百年一遇**的美女魔物師啊！誰敢説你魔法力不好啊？」

　　兩位年約四十的魔女越説越靠近，近得幾乎對方的呼吸都感受得到。米勒在一旁聽不出她們其實在互相頂撞，羨慕地説：「兩位老師交情真

好，而且都好謙虛啊！」

克萊兒及哈里斯太太同時轉頭瞪着他，嚇得米勒往後急退一步。

仕哲趕緊將米勒拉過去，悄聲說：「你看不出她們是宿敵嗎？」

米勒傻乎乎地張大了嘴，一臉錯愕地晃了晃頭。

這時，蜜雪兒走來對克萊兒說：「老師，動物的偽裝動作我還掌握得不夠好，你可以再指導我嗎？」

「噢！當然可以，你可是我們學校的王牌，我等着你為我校爭光啊！我們放好行李就去。」

說着克萊兒走回座位，領着一班風采非凡的學生走上樓去。

子研眨眨眼，道：「她不是得過天生魔物師競賽第一名嗎？第一名的蜜雪兒還這麼努力學習，我們是不是也該練習一下？」

「當然！你們最好給我加把勁，絕對不能輸

給這麼虛假囂張的魔女！走，去訓練所！我要給你們進行最實用的訓練！」

哈里斯太太說畢，完全不給沫沫他們拒絕的機會，轉頭奔了出去。

沫沫他們**面面相覷**，羅賓忍不住竄出來悄聲說：「只對她的小寶貝有興趣的哈里斯太太居然肯主動指導你們，克萊兒這位死對頭的出現真是徹底激發她的好勝心啊！」

大夥兒心情複雜地運用速度力跟上哈里斯太太。

這天，沫沫和伙伴們就在哈里斯太太緊密又充實的訓練下度過了。大夥兒回到宿舍後都疲累得馬上**倒頭就睡**。

第六章
兩位隱身魔侍？

午夜，愛禮納大樓莊嚴的大門緊閉着，偌大的廳堂只有幾盞柔和的壁燈還亮着。眾賓客都已在貴賓房內沉沉入睡，整棟大樓靜悄悄的。

此刻有個魔侍使用了隱身力，悄悄地打開位於愛禮納大樓廚房附近的小門走了進來。

他走在鋪滿淺褐色地毯的地板上，幾乎沒有發出一絲聲響。

他走進過道，經過升降機，在通往上面樓層的樓梯前使用了飛行力。

飛到貴賓房的樓層，他緩緩停下。他走到其中一間貴賓房，上面掛着的牌子寫着：克里穆魔法修行學校貴賓。

隱身魔侍的手掌正要扭開門柄，門柄這時卻自動轉了起來！

他驚訝得趕緊退到牆邊。

厚重的房門推開了，有個魔侍從裏頭走出來。

那是名年約十五、六歲的魔子，有着一頭金黃鬈髮。他**左右探視**，似乎發現了什麼。他走向隱身魔侍，隱身魔侍趕緊慢慢移步到隔壁房門，但那魔子緊跟過來，並在他跟前停下。

鬈髮魔子的眼珠子盯着隱身魔侍，**深邃**的眼神充滿了警戒，卻又有着一絲藏不住的興奮，似乎看透了他的存在。

隱身魔侍不禁倒抽口氣，他正要唸出控制力咒語，身後卻傳來聲響！

只見另一名魔子從隱身魔侍後的房門走了出來。

那魔子剪着平頭，一臉激動地差點叫出聲來，鬈髮魔子比着嘘的手勢讓他別發出聲。

隱身魔侍趁此機會溜了開去。

平頭魔子關好門，門上掛着的牌子寫着：墨

蒂思魔法修行學校貴賓。

平頭魔子跟着鬈髮魔子走到一旁悄聲説話。

「艾爾加，你怎麼猜到我會在這時間出來？」鬈髮魔子驚喜問道。

「你不記得我們在金邊湖小學住宿時的約定嗎？那時候我們都是午夜十二時碰頭，然後在學校裏頭探險。」

「嘿，當然記得。所以我才會在這時間出來，看會不會遇到你。」

兩位魔子**會心一笑**，道：「不愧是二魔幫派，耶！」

説着他們很有默契地輕輕擊掌。

「唉！可惜我們倆就讀不同學校，現在還是對手呢！」艾爾加**垂頭喪氣**地説。

「不，正因如此我們才更有機會贏得這次的競賽。你明白我的意思吧？」鬈髮魔子眨眨眼，道。

「當然明白！我們向來**合作無間**！」

「不過這次我們必須不着痕跡地合作。可不能讓其他魔侍知道我們的關係！」鬆髮魔子提醒道。

艾爾加睜大了眼，激動地問道：「那我們現在要做什麼？奧斯卡？」

原來鬆髮魔子喚作奧斯卡。

「當然是……」奧斯卡指向樓下，兩位魔子興奮地**蹋手蹋腳**走下樓去。

隱身魔侍暗想：真幼稚。不過，想不到他們居然沒事……難道怪手沒有執行好任務？

隱身魔侍似乎很不悅，他使用飛行力，緩緩跟在他們身後下樓。走着走着，奧斯卡突然警覺地轉過身！

「怎麼了，奧斯卡？」艾爾加全身繃緊地進入**備戰狀態**，問道。

奧斯卡狐疑地觀望四周，接着居然朝隱身魔侍的方向凝視了幾秒，隱身魔侍定在半空，大氣都不敢喘一下。

奧斯卡這時轉過頭，對艾爾加說：「應該不可能吧？我們出來探險的事其他魔侍都不知道。」

「對啊！你是不是想太多？」

奧斯卡不好意思地抓抓耳朵下方，笑道：「嘿嘿，老毛病啊！誰讓我有陰影。以前跟你去學校地下室探險時被隱形瘋蝶咬過，所以對看不見的東西特別敏感。」

「既然看不見，你是怎麼發現？」艾爾加對這位幫派成員欽佩不已，伸長着耳朵準備**領教**。

奧斯卡摸摸鼻子，毫不謙虛地說：「這還不簡單？只要不放過任何可疑的氣息就可以發現。」

「可疑的氣息？」艾爾加疑惑地問，接着又**恍然大悟**，道：「原來你是靠小象啊！」

「不然呢？嘿，小象可是嗅覺最好的修行助使。」

這會兒，從奧斯卡衣領爬出一隻象鼻蟲，牠

擺動着那長長的黑色鼻子，說：「想逃出我的視線？先問過我的鼻子！」

「小象你真是跟着奧斯卡太多了，說話都學着奧斯卡，好**霸氣**！」艾爾加說着，晃了晃手臂，一條細細的黃色小蛇從衣袖中探出頭，道：「我也不輸小象，誰叫我眼睛特別明亮呢？只要被我發現，一定讓他嘗嘗我獨有的偵查黏液！」

原來這條黃鏈蛇屬的小蛇，靠近頸項那兒可以噴出某種膠狀黏液，被牠的黏液噴中，可就無法動彈，**原形畢露**了！

說着小蛇瞪大了金黃色眼珠，隱身魔侍不禁流了身冷汗，生怕牠噴出黏液暴露自己的行蹤。

幸好這時艾爾加馬上**阻遏**道：「不行哦！阿嬌，在這裏噴出黏膠很難清理，清理不乾淨的話，我們今晚的秘密探險就會被發現了！」

名喚阿嬌的黃色小蛇這才打消了顯現本領的意圖。

兩名二魔幫派成員繼續往樓下走去。隱身魔

侍這會兒才鬆了口氣，但由於剛才實在太狼狽、太窩囊了，原本就因為怪手沒能成功讓貴賓昏睡而**深深不忿**的他，現在怒氣填胸，準備將那兩位魔子懲戒一番！

於是，隱身魔侍悄無聲息地飛下樓，跟在兩位不怕死的**初生之犢**身後。

「誰讓你們得罪我，要是因為這樣而丟命也別怪我……」

隱身魔侍隨即發出暗啞的聲音，唸道：「耶勒勾——」

還未唸完控制力咒語，奧斯卡已察覺不對，但就在此時，門外突然傳來腳步聲！

隱身魔侍擔心洩露行蹤，只好放棄教訓兩位小魔侍的意圖，從廚房逃逸而去。

兩位二魔幫派成員則趕緊藏匿在大廳的櫃枱後方。

大門打開來後，一位身材挺拔的魔侍走了進來。

奧斯卡偷偷探頭瞄了瞄。透過門外的昏黃月光，他看到那魔侍的臉龐。

「他不就是接待我們的負責老師之一？」奧斯卡**暗忖**，似乎感到很意外。

來者正是惡神——萬聖力老師。惡神走進大廳，再走去查看咖啡廳和廚房，回到大廳後靜靜聆聽，道：「看來敵人已經迴避了。」

這時，惡神身旁居然有道**低沉渾厚**的聲音回覆他，說：「沒事就好。」

二魔幫派中的艾爾加睜大了眼，奧斯卡趕緊暗示他別發出聲響。

「幸好有你暗中幫助，否則這次賽事就辦不成了。」惡神有禮地說，語氣中似乎對身旁的隱身者頗為欽佩。

「現在還**言之過早**。明後天的競賽我相信一定還會有意想不到的事。」隱身者說。

「嗯。希望一切都能順利進行。」

說着惡神走去打開大門，往後騰出個空位恭

送隱身者。

待惡神離去後，奧斯卡及艾爾加才從櫃枱後走出來。

「那位老師好像叫萬老師。他身邊的魔侍為什麼隱形？而且他為什麼說賽事會辦不成？」艾爾加充滿了疑問。

「嗯……」奧斯卡摸了摸耳朵後方，似乎怎麼想都想不通，晃晃頭道：「不知道。不過可以肯定的是，明後天的競賽肯定會有**意想不到**的事！」

艾爾加顯得有些興奮，說：「會是什麼事？好期待啊！」

「二魔幫派的午夜探險果然有意外收穫。走吧！必須養好精神，才能應對明後天的突發事件。」

說着他們躡手躡腳地走上樓去。

第七章
無形的叮嚀

清晨，魔女宿舍一大早就顯得格外熱熱鬧鬧、沸沸揚揚。

沫沫在被窩內**睡得正甜**，門外卻響起了一道怪異的聲音。

「嘎嘎嘎，咕呱呱！嘎嘎嘎，咕呱呱……」

羅賓立即驚醒過來，牠衝去沫沫牀邊一把拉下沫沫的被單，大叫道：「起牀啦！沫沫！七點半前要到競技場報到，可不能遲到了！我們還得先去魔法味蕾用餐，你要參加競賽，不能吃得太飽，但也不能餓着，要剛剛好……」

羅賓囉囉嗦嗦地說了一堆，沫沫在牠的叮囑聲中睜開了眼睛。迷蒙中，她似乎聽見一道聲音在空氣中說：「**選定目標，勇往前行。**」

沫沫定睛看了看，發現眼前只有羅賓在對她

碎碎唸：「雖然你農叔沒辦法來觀賽，不過你別怪他，你都知道他最近魔法緞帶訂單多到不睡覺也煉不完了，你農叔又不喜歡拖延交付訂單……」

沫沫比了個停止的手勢，道：「我當然不會怪他。羅賓你再說下去我肯定遲到。」

說着她迅速彈了起身，飛快地梳洗完畢，不到十分鐘即拿了背包衝出房門。

此時的宿舍裏裏外外**人來人往**，伴隨着時遠時近的嘎嘎呱呱聲，真是好不熱鬧啊！

沫沫尋覓呱呱雜訊的由來，原來是舍監好夫人的修行助使——樹蛙阿准在忙碌地竄來竄去叫喚着，為了讓大夥兒都準時抵達競技場，牠可真是拚盡了全力。

「阿准，謝謝你啦！」沫沫經過阿准身邊時禮貌地向牠道謝。

「不用客氣，一定要準時到場啊！比賽加油！」阿准**骨碌碌**地轉動着凸起的眼珠，對沫沫說。

「好！」沫沫才說完，從樓上跑下來的子研跳到他們跟前，活力十足地回道：「沒問題！謝謝阿准的打氣！」

子研和沫沫對看一眼，**精神抖擻**地使用速度力衝了出去。

沫沫和子研來到競技場外時，其他參賽者皆已魚貫入場，兩人看到米勒和仕哲，趕緊過去與

他們會合。

沫沫頭一回進來競技場，跟其他外校參賽者一樣，對眼前廣大的競技場感到驚訝又新奇。

這座競技場由堅固的灰色石牆和地板組成，外牆高達五十米，中央就是賽場，佔地約一千米，裏頭設有迷宮般的走道和**屏障**。

圍繞着賽場的觀眾席可容納幾千名觀眾，競技場正上方沒有屋頂遮蓋，但是有細細的銀絲網覆蓋着，銀絲網也將觀眾席及偌大的圓形賽場隔絕開來。

由於往年曾發生競賽生物從競技場中逃出去的意外，因此這一屆尼克斯魔法修行學校競技場特意換上昂貴的銀絲網。據說這些銀絲網**堅不可摧**，採用玉石及銀絲編織而成，因此即使是兇猛無比的強壯生物，也無法從場內衝到觀眾席或外頭。

看着如此**宏偉壯觀**的競技場，沫沫兩眼放射出光芒，她已經迫不及待想在這賽場追捕生物

了！

　　沫沫他們及三校參賽者都被帶到備戰室中等候，備戰室就在競技場入口上方，從這裏能透過一大片的玻璃窗鏡清楚看到競技場內的動靜。

　　觀眾席上的魔子魔女陸續坐到位子上了，雖然票價不便宜，但尼克斯魔法修行學校難得主辦魔物師競賽，大夥兒都搶着購票，因此普通席位不單很快售罄，還臨時設置了錄影裝備，搭建了一道巨大的轉播熒幕，讓場外的魔侍能夠一睹精彩的賽事。場外售賣的觀賽產品，如伸縮式自動變焦單筒望遠鏡及空氣清新凝膠噴劑，也全數搶購一空。

　　此刻的觀眾席及競技場外一片喧囂，熱鬧不已。沫沫看到貴賓席位坐滿了各校來賓，還有許多平常未曾見過的高年級指導老師，但唯獨沒看到科校長。

　　沫沫不禁感到疑惑，問道：「科校長沒在貴賓席上，她一直很重視這次的賽事，難道她不來

觀賽？」

「我聽萬老師説，科校長有重要的事處理，但今天一定會趕回來。」蕭媛回道，眼神充滿不肯定。

「競賽都快開始了啊！」仕哲看了看錶説。

時間一分一秒流逝，競賽也越來越逼近。沫沫的精神繃緊起來，不再去想科校長的事。大夥兒**蓄勢待發**，等候着司儀宣布進場。

隨着一聲刺耳的音響嘯叫，安妮達出現在選手備戰室前方的伸展台，宣布道：「一年一度的魔物師競賽即將開始，請大家在比賽開始後保持安靜，切勿干擾場內競賽的選手及生物。」

緊接着，競技場賽場的門往兩邊打開來。

「現在，我們將舉行第一項競賽——捕手追逐賽。請選手們進場！」

沫沫、米勒、子研和仕哲，還有其他選手沿着連接去賽場的通道魚貫走進賽場。

他們排成一行站在競技場中央，外校參賽者

似乎都見慣這種場面，大家表現得**從容淡定**，臉上看不到一絲繃緊。米勒和子研卻忍不住緊張得冒出汗珠，沫沫則皺緊眉頭，仕哲也難得顯現游移的眼神。一旁的蕭媛輕輕比了比手勢，讓他們深吸口氣。芙蓉學姐則比了個「好」鼓勵大家，大夥兒終於**鎮定**下來。

「我們即將釋放這一項競賽的生物。一共有八種生物，只要能成功將牠們趕進角落的籠子即可得分，順利進入下一輪競賽。」

「八種生物？那麼這項競賽後不是只剩下八組選手？」子研悄聲問。

沫沫頷首回應，她望向其他選手，大夥兒都已進入高度專注的備戰狀態。沫沫已預見到待會兒的競賽將無比激烈。

主持安妮達繼續唸出競賽規則，比如不能弄傷生物及其他選手，這一輪競賽不得用食物誘引生物等等。

「目標生物即將進場！這次釋放的生物多為

罕見的特殊品種。比如異蜂鳥，牠們的速度相較一般蜂鳥快上兩倍，要抓到牠們可得要使勁飛奔才行！另外，還有沖天鼠、飛刺蝗、尖叫天牛、彩虹蒼蠅，擅長隱藏自己的迷你變色龍、隱形馬陸、黑牙蝙蝠。關於這些生物的**習性**，我們已寫在熒幕上……」

此時安妮達所站的位置前面，也即是伸展台前方的熒幕，顯示了各種生物的基本資料和習性。選手們趕緊快速看一遍記下來，觀眾席上的魔侍們也拉長了望遠鏡細看熒幕上的資料。

大夥兒只來得及匆匆掃視，安妮達就打斷大家，道：「時間到！捕手追逐賽即將展開，選手們必須謹記，限時為兩個小時，你們必須在兩小時內拿下其中一種生物。現在……競賽開始！」

場內隨即響起了一聲號角，緊接着，競賽場中央地板往兩邊開了個圓形洞口，裏面緩緩升起八個箱子。箱子自動滑開**門柵**，八隻生物從裏頭迅速竄了出來。

「好快！我都還沒看清楚是什麼生物，牠們就不見了蹤影！」子研驚呼道。

伙伴們沒有回應她，子研這才發現大夥兒都已出發去追捕生物！

她身旁的仕哲急忙說：「快追上去！」

於是，子研和仕哲這組也出動了。

第八章
捕手追逐賽

八隻生物各施其技避開眾魔侍的追捕，有的聰明地偽裝或隱藏起來，有些則飛竄於競技場中。

選手們一個個**金睛火眼**地繞着複雜如迷宮般的走道尋找生物。

蜜雪兒及幾位魔侍包括芙蓉和蕭媛很快就發現目標——飛刺蝗，他們圍繞着飛刺蝗小心翼翼地逼近，想不到飛刺蝗啟動了防禦機制，放射出身上的短刺，蜜雪兒、芙蓉及蕭媛迅速使用速度力飛離開去，但谷方亭學姐及墨蒂思魔法學校的覺力士卻被刺中了！

谷學姐雙手**無法動彈**，而覺力士則僵直了身體，原來飛刺蝗的短刺有麻痺作用。他們各自的組員趕緊過去扶着伙伴到一旁歇息。

蜜雪兒呼口氣，似乎很不服輸，對身旁的伙伴魏齊飛說：「這飛刺蝗我們**勢在必得**！絕對要抓住牠！」

她提起嘴角自信地笑了笑，與正好迎面走來的蕭媛及芙蓉對上視線，**戰火**瞬即展開！只見兩組隊員追向飛刺蝗，飛刺蝗迅速鑽進長滿爬藤植物的圍籬內隱藏起來。兩隊組員各自從不同方向使出魔法力，芙蓉使出皺摺力將飛刺蝗附近的葉子都摺了起來，等飛刺蝗露出行蹤，蕭媛即馬上使出定身力將牠定住，但另一方蜜雪兒竟然使出屏障去除力，將覆蓋飛刺蝗的枝葉都去除掉！

飛刺蝗果然顯露身影，誰知牠瞬即機警地溜進磚牆的窄縫中！

蜜雪兒的伙伴魏齊飛也**不遑多讓**，立即使出拔除力將躲藏於縫隙中的飛刺蝗拔離！

當飛刺蝗被拔除力逼出牆縫時，蕭媛迅速使出定身力要將飛刺蝗定住，但想不到蜜雪兒為了比蕭媛更快抓住飛刺蝗，在蕭媛使出定身力時，

竟同時使出控制力！

「耶勒勾斯，過來！」「斯達地落，定！」

兩組人馬立即爭相過去搶飛刺蝗！

觀眾席上的魔侍們有的幫一方打氣，有的盡量壓着聲量喊加油。在兩組隊員衝向飛刺蝗時，大夥兒看得大氣都不敢喘一聲！大家都着急想知道到底哪一隊能搶到飛刺蝗。

只見蜜雪兒和蕭媛同時撲向目標物，差點撞在一起！兩位魔女驚險地**擦身而過**，豎眉瞪眼地轉過頭望向對方。

觀眾們看不到哪個魔女搶到了目標物，猜測着誰手中有飛刺蝗時，一隻小東西驟然從地上發射短刺！

蜜雪兒及蕭媛狼狽地朝兩側彈開，但飛刺蝗也不是**省油的燈**，牠往蜜雪兒飛了過去時又朝蕭媛射出短刺！

蕭媛還未反應過來，就在她以為被刺中時，芙蓉及時施行對換力：「安塔雷及，換！」

蕭媛頓時出現在矮樹叢所在的地方,而矮樹叢則位於蕭媛的位置,原來芙蓉將蕭媛和她身旁的矮樹叢對換了位置!

此時的短刺已飛進矮樹叢,並從樹葉縫隙中穿越過去!

站在樹叢後方的魔侍趕緊施行飛行力,遠離短刺飛過來的範圍。

僅過了兩秒,蕭媛又回到原來的位置,此時蜜雪兒與芙蓉這兩位魔女瞬即撲向飛刺蝗!

這一切都發生在眨眼間,觀眾們屏息觀看,竟忘了驚呼。

飛刺蝗緊急轉變方向,從兩位魔女手中逃了出來,焦躁地朝狹窄的走道**橫衝直撞**!

「飛刺蝗發怒了,快趁此機會抓住牠!」蜜雪兒對魏齊飛說。蕭媛與芙蓉當然也**不落人後**,兩組隊伍迅速追了過去。

這邊廂,沫沫和米勒也在搜尋着生物。

「沫沫,我記得你在魔侍開學典禮上曾抓過

一隻蜂鳥。*不如我們這一項競賽就把目標定在蜂鳥身上，感覺比較容易完成。」米勒對沫沫說。

「不，你別忘了剛才熒幕上顯示這隻異蜂鳥和一般蜂鳥不同。牠可是突變種類，全世界只有幾隻——」

沫沫還未說完，有道小小的黑影像箭般「嗡」的一聲**橫越**他們眼前。

「異蜂鳥！」米勒跳了起來，其他幾組隊伍幾乎也同一時間發現牠，大夥兒立即對異蜂鳥展開追捕。

他們飛竄於彎曲的走道間，觀眾席上的貴賓、同學及師長們手上的望遠鏡一下移向東一下移向西，突然又拉長鏡頭望向半空，再轉回地上。大家着急地想看沫沫他們是否追逐到稀有的異蜂鳥。

不一會兒，沫沫和其他幾組參賽者都**氣喘吁**

* 想了解沫沫在魔侍開學典禮上抓捕蜂鳥一事，請參閱《魔女沫沫的另類修行2：魔侍開學禮》。

78

吁地停在地上休息。

「想不到這隻蜂鳥飛得那麼快。」米勒喘着氣說。

「剛才熒幕有寫這隻異蜂鳥比普通蜂鳥速度快了兩倍，飛行時速達到每小時一百七十公里。」沫沫說。

「每小時一百七十公里？太驚人了，我們根本沒辦法追上牠的速度！」米勒洩氣地呵了口氣。

沫沫看着其他組的魔侍拼命追趕異蜂鳥的**狼狽**姿態，想了想，道：「我們必須想辦法合力拿下牠。」

「怎麼合作？」米勒問。

「我負責把牠趕到你面前，然後你必須快而準地使用定身力讓牠定住。」

「什麼？要我對那麼高速的異蜂鳥使用定身力？不行不行，我肯定不行的！」米勒使勁地搖頭。

「你還記得我們在浮日島的特訓嗎？有時候完成任務靠的並不是準確的動作，而是使用我們的**直覺**和預測。」

　　「我知道，比如在黑暗中怎麼對看不清的生物施行魔法力，但我對於行動緩慢的生物還能預測出來，這麼快速的生物我……我沒有信心。」米勒為難地說。

　　「我知道要準確地使出定身力不容易，不過，眼下也沒其他法子。除非我們放棄異蜂鳥，去抓捕其他生物。」

　　米勒想了想，道：「也許我們可以嘗試抓捕其他生物。」

　　沫沫尊重米勒的選擇，他們轉而搜尋其他生物。

　　他們倆停於半空**俯視**整個競技場，可以看到大夥兒都在忙着搜尋或抓捕生物。米勒眼尖地指向某個大夥兒都迴避的方向，道：「仕哲跟子研在那裏！」

原來尖叫天牛因為驚恐而發出**尖厲**的叫聲，其他參賽隊伍頭一回聽見那麼可怕的叫聲，都放棄抓捕尖叫天牛，跑去尋找其他生物去了。但子研和仕哲在浮日島已見識過牠的叫聲，對牠的習性算是比較熟悉，因此他們決定抓捕眼前這隻看起來**兇悍**，實則生性害羞的小生物。

「只要讓牠靜下來就好了。」仕哲想着，忍受着刺耳的聲音對牠行使出控制力：「耶勒勾斯，靜！」

尖叫天牛果然停止了尖厲的叫聲，但牠迅速彈跳去樹籬中，子研立即衝過去樹籬行使出驅散力：「形夾離稀，散開！」

頓時樹籬邊的雜草都散了開去，但天牛似乎也跟着被驅散了，子研和仕哲趕緊在附近尋找着天牛的蹤影，卻怎麼找都找不到。

子研望向飛過來的沫沫和米勒，問道：「米勒，在浮日島是你發現尖叫天牛，你知道要怎麼才能找到牠嗎？」

米勒一副驚慌的模樣，回道：「你不知道，我是**誤打誤撞**碰到牠的啊！」

他們找了好一會兒都沒發現尖叫天牛，此時，有個小東西飛過牠們跟前。

「是沖天鼠！」沫沫說着，使用飛行力飛了上天追逐牠。

米勒、仕哲及子研也跟着飛過去。

他們追向這隻會飛翔、外觀像松鼠的鼠類。這時，其他幾組選手也一同追捕沖天鼠。

一時間，競技場上空有好多飛來飛去的魔侍，觀眾們看得**眼花繚亂**，不知該看向哪裏。

本以為沖天鼠體形較大，易於追捕，誰知沖天鼠異常兇猛，牠居然反過來追逐並攻擊他們！

由於**事發突然**，克里穆魔法學校的魔子彥丘疏於防備而被咬住了手臂，他痛得驚叫起來，旁邊的高壯魔子塔譚迅速對沖天鼠施行了控制力，讓牠鬆開嘴巴！

沖天鼠鬆開了嘴，彥丘頓時**血流如注**，沖

天鼠隨即逃離現場，塔譚快速衝過去並施行迴旋力：「倍曆絲陀羅飛已，回來！」

「迴旋力！他竟然會使用迴旋力！這可是很不容易施行得好的魔法力啊！」子研讚歎地驚叫。

只見沖天鼠循着一定的軌道回轉過來，飛得越快就越快跑向塔譚，就這般，塔譚輕巧地抓捕了沖天鼠，並立即將沖天鼠提到角落的籠子內，快速關上門閘！

「漂亮！不愧是克里穆魔法修行學校的魔子，他們果然是第一個抓捕到生物！太厲害了！」子研驚歎不已地晃着頭說。

「現在可不是稱讚其他隊伍的時候，時間已經過去一個小時了。」仕哲提醒道。

這會兒，彥丘手臂的鮮血正不斷滲出，沫沫身上沒有療癒緞帶，無法為他治療，正感到束手無策時，她突然**靈機一動**，急急對着彥丘唸道：「司塔克挪，盧達易臘，風乾！」

彥丘的傷口瞬即凝固，不再流血。

觀眾席上的惡神、哈里斯太太、咕嚕咚注意到沫沫的舉動，咕嚕咚不禁拍腿叫道：「不愧是小魔女啊！這樣都被她想到！」

一向吝於讚美的哈里斯太太也直接誇讚道：「對於傷口治療，雖然有相應可以使出的癒合力，但癒合力屬於禁忌魔法力，也很少魔侍能很好地使出來。想不到嚴沫沫雖然不會使用癒合力，卻巧妙地用風乾力這種低階魔法力應急治療。」

惡神嘴角扯了扯，他前陣子才應用風乾力讓高八度音的傷口凝固，救下差點兒被施行傀儡力的高八度音。*

「想不到嚴沫沫有如此強的應變能力。」雖然內心極為讚賞，但惡神什麼都沒說，面無表情。

* 想了解萬聖力如何拯救施密特·凱特琳，請參閱《魔女沫沫的另類修行8：浮日島特訓》。

咕嚕咚隔壁坐着哈里斯太太的宿敵克萊兒，她雖然跟哈里斯太太不對頭，但對沫沫倒是很欣賞，只見她噴了噴空氣清新凝膠噴劑，深吸口氣道：「這小魔女真的很不錯，要是她來我們學校，肯定比現在更有能力。」

哈里斯太太哼了一聲，咕噥道：「沫沫跟你學魔法力就慘了。」

耳尖的克萊兒聽見了，**不以為然**地說：「怎麼會慘？」

「嘿，會跟你一樣愛出風頭，看看你教出來的蜜雪兒吧！」

「蜜雪兒怎麼了？她可是最有實力的魔女。」克萊兒不悅地說。

「我沒說她實力不夠，她只是太愛表現自己。」

「表現自己有什麼不好？難道要像你一樣掩着藏着，對學生也**疑神疑鬼**嗎？」

克萊兒一箭擊中哈里斯太太的心，哈里斯太

太的臉馬上沉了下來。

「就是因為你這樣，所以你的學生才那麼多年都輸給我。」克萊兒繼續戳哈里斯太太的痛處。

哈里斯太太生氣地回説：「**驕兵必敗**，今年肯定不輸給你！你也看到我們的學生多麼出色——」

這時夾在她們中央的咕嚕咚終於忍不住説道：「你們別吵了，我想專心看競賽呢！」

坐在他們正後方的凌老師及外號「古董時鐘」的阿比老師也清了清喉嚨，禮貌地示意她們安靜。

哈里斯太太及克萊兒這才**嘘聲**，繼續觀賞場上的精彩競賽。

這會兒，競技場上的沫沫和子研等魔侍正追向另一隻生物——彩虹蒼蠅，只見牠小小的身軀不斷變幻着顏色，照得大夥兒都睜不開眼。

沫沫下意識使出遮蔽力，唸道：「阿迫谷露

息，遮蔽！」

　　頓時耀眼的強光被遮蔽了一部分，大夥兒見狀**一擁而上**，爭相追捕這隻沒了耀眼強光做武器的小蒼蠅。

　　怎知這時候有隻半路插進來的生物——黑牙蝙蝠出現於大夥兒的視線。

　　「快抓住牠！」子研喊道。

　　仕哲立即衝過去對黑牙蝙蝠使出定身力，但隔壁的艾爾加搶在他前頭使出定身力，突然，一道強光照過來！原來彩虹蒼蠅已恢復了色彩，牠身上發射出的光芒照得大夥兒看不見黑牙蝙蝠的準確位置，導致無法準確使出定身力。

　　結果大家都沒有成功抓捕到黑牙蝙蝠，還讓彩虹蒼蠅**逃之夭夭**！

　　大夥兒不禁感到很洩氣，忙了大半個鐘卻連一隻生物都抓不着，也沒有順利找到其他擅長隱身的生物。

　　「怎麼辦？再這麼下去，時間到了我們都還

未抓到一隻生物！」子研懊惱地對沫沫說。

這時不遠處突然傳來歡呼聲！

沫沫他們循着聲音來源看去。原來蜜雪兒那組已經成功抓到飛刺蝗！

克萊兒驕傲地發出銀鈴般的笑聲，哈里斯太太聽着覺得好刺耳，趕緊把雙耳搗得緊緊。

在蜜雪兒不遠處，站着兩位疲累的魔女——蕭媛及芙蓉。她們雖然在定身力使用上非常出色，但反應力和機智確實輸了蜜雪兒一個馬鼻。

「沒關係，蕭媛和芙蓉再過一會兒就會抓捕到生物。」咕嚕咚安慰哈里斯太太道。

哈里斯太太冷哼一聲，道：「當然。」

蕭媛和芙蓉深吸幾口氣平復緊張的情緒，再度努力搜尋生物。她們沿着競技場上方飛行巡視，芙蓉突然有了發現，說：「有個黑色的東西在牆角邊！」

蕭媛也看到了，冷靜地回答：「是黑牙蝙蝠。」

她們迅速飛了過去，此時有個身影卻搶在她們跟前衝過去。

　　蕭媛和芙蓉對看一眼，皺起了眉頭。

　　原來在她們前方的，正是蜜雪兒。

　　蜜雪兒完成第一項任務後並沒有離開場地，而是繼續抓捕生物。

　　「競技場這麼大，你為什麼跟着我們，對我們**糾纏不休**？」芙蓉不忿地問蜜雪兒。

　　「誰跟着你們呢？難道我不能抓捕黑牙蝙蝠？還是說牠只能讓你們抓？」

　　芙蓉**一時語塞**，但她又質問道：「你已經抓到飛刺蝗，為什麼還不離場？」

　　「嘿！有規定說只能抓一隻生物嗎？」蜜雪兒撥了下長髮，說道。

　　芙蓉按捺着怒氣，一字一句地說道：「你多抓一隻，其他參賽者就少一個機會，你不知道嗎？」

　　「我當然知道。不過**能者多勞**，我只是想

讓其他魔侍不要浪費時間繼續比賽而已。」

「好自大的語氣！你以為其他魔侍都比不上你？」

蜜雪兒自信滿滿地説：「這不是很明顯的事嗎？」

芙蓉氣極了，雙手握緊拳頭，蕭媛趕緊過來安撫她，讓芙蓉平復怒氣。

「這隻黑牙蝙蝠也是我的！」説着蜜雪兒矯健地往上空飛去，追逐黑牙蝙蝠的身影。

「我們這回絕對不能讓她捷足先登！」芙蓉對蕭媛説，兩人迅速跟了上去。

第九章

勇往前行

　　沫沫和米勒一次又一次嘗試抓捕生物，但他們都沒有成功。眼看時間只剩半小時不到，沫沫也不禁着急起來，她看到米勒和其他魔侍狼狽地追逐生物的模樣，耳邊突然響起一句話：「選定目標，勇往前行。」

　　「選定目標，勇往前行？」沫沫沉吟道。

　　「是啊！不能這麼毫無目的地抓捕生物。專注在一隻生物上，絕對比現在這樣看到什麼就抓好得多。不過……是誰說的呢？」

　　沫沫沒有時間思索是誰對她說的話，她飛向米勒，對他說：「我決定以異蜂鳥為目標。選定一種生物抓捕比沒有目標更好。」

　　仕哲及附近的魔侍聽見沫沫的話，似乎都恍然大悟。

「子研，我們就選定尖叫天牛吧！我們絕對要在限時內抓到目標物。」仕哲說。

「嗯！」子研應答着，說道：「不過我們不能茫無頭緒地尋找，對了，你還記得尖叫天牛的習性或食物是什麼嗎？」

仕哲皺緊眉頭想了想，**驟然**睜大了眼，說：「我記起來了！牠喜歡吃木賊的孢子！」

「木賊屬於蕨類，一般長在雜草中，不容易被發現。」仕哲說着從半空往地上飛去。

他們在土牆邊及地上長着雜草的地方仔細搜尋着。

這邊廂，沫沫和米勒在競技場上方飛高飛低地搜尋着異蜂鳥的身影。

突然，有個小東西從米勒身後劃過去！

沫沫喊道：「牠在那裏！」

米勒緊張得**全身僵硬**了。

「記得我剛才說的合作模式！」

沫沫說着，衝向那小東西。

米勒站在原地喃喃唸道：「等沫沫將異蜂鳥趕過來時，準確地對牠使出定身力。嗯！我一定可以做到！」

沫沫使用飛行力緊盯前方閃爍不定的小東西，隨着牠一下子上下竄動一下子左右飛竄，突然，小東西消失了蹤影。

競技場上混雜着各樣雜亂的聲音，沫沫沉住氣凝神傾聽。漸漸地，她分辨出各種聲響，她再專注細聽，然後，她似乎聽見了異蜂鳥翅膀快速舞動的細微高頻聲響。沫沫兩眼發亮，迅速朝聲音傳來的方向衝了過去。

終於，她看到那東西的蹤跡了！沫沫加速逼近，她望向米勒所在的方向，再朝向異蜂鳥竄動的範圍使出幻想力：「歡打戲牙，圍籬！」

異蜂鳥因此而轉變方向，沫沫繼續使用幻想力：「歡打戲牙，銀絲網！」「歡打戲牙，高牆！」

就這般，沫沫順利地一步一步將異蜂鳥引到米勒跟前。

米勒全身繃緊着，緊盯沫沫引着異蜂鳥趨近的身影。異蜂鳥時速一百七十公里，只要慢個一秒，他就會失去定住牠的時機，白白浪費了沫沫給他製造的機會。

　　看着越來越靠近的異蜂鳥，他已經察覺不到額頭流下的汗水。就在異蜂鳥衝到米勒前方不到一米之處，他憑着直覺，對準快速飛舞的小黑影可能會出現的方位唸出咒語：「斯達地落，定！」

　　米勒睜大了眼，他終於看清異蜂鳥的模樣！他成功將眼前的小黑影定下來了！

　　「我成功啦！沫沫！我成功啦！」

　　話音未落，異蜂鳥卻迅速往下墜落！米勒驚

慌地張大了口，喊道：「不！」

　　說時遲那時快，沫沫懷裏的羅賓飛了出來將異蜂鳥接住！米勒鬆了口氣，接下來，沫沫和他順利地將異蜂鳥送進了籠子裏。

　　咕嚕咚和哈里斯太太興奮得跳了起來！

　　「太好了！不愧是小魔女！」

　　「米勒可是我**一手提拔**的！」

　　兩位老師你一言我一語地說個不停，惡神微微牽動嘴角表示讚許，後方的尼克斯魔法學校老師也歡呼拍掌，學生更是開心得**搖旗吶喊**，整個觀眾席及競技場內外一片沸騰。

　　安妮達趕緊透過廣播呼籲大家：「大家請安靜！距離第一場競賽結束還有十分鐘，請不要干擾選手，讓他們專注競賽！」

惡神站了起來往後看去，大夥兒這才漸漸停止了喧囂。

仕哲及子研在大夥兒喧鬧的當刻，瞄見尖叫天牛的身影，只見牠站在一撮細長的木賊頂端，被雜草隱隱約約地遮蔽着。

「我看到牠了！」仕哲朝子研喊道。

在一片吵雜聲中，他們倆悄悄靠近尖叫天牛。緊接着，兩人同時以迅雷不及掩耳之勢使出催眠力：「系諾絲，眠！」

就這般，在歡呼聲剛停止下來時，他們靜悄悄地將睡夢中的尖叫天牛送進籠子裏頭。

大夥兒發現又一組隊伍晉級，場內外又一陣如雷貫耳的歡呼。

「安靜，安靜！請大家保持安靜！再這樣下去我只好請你們出去場外了！」安妮達苦口婆心地勸誡道。

大家聽到出去場外，這才按捺住興奮的心情，繼續觀賽。

目前已有七隻生物順利擒獲，場內只剩一種生物，也即是黑牙蝙蝠未被逮獲。

　　黑牙蝙蝠會噴出黑色毒液，之前已有幾組隊伍的成員被牠噴中，如今只有三組參賽者在追逐着牠。除了蜜雪兒及蕭媛兩組，還有一組是克里穆魔法修行學校的兩位魔子。

　　他們三組從不同方向圍攻黑牙蝙蝠，蜜雪兒使出燃火力：「科勾得司火特雅，燒！」

　　燃火力屬於高階魔法力，蜜雪兒使得不夠好，只能在黑牙蝙蝠右邊翅膀點燃些微火苗，但已足以激怒黑牙蝙蝠！

　　黑牙蝙蝠驚慌地搧滅火苗，隨即發狂般衝向他們，並張開嘴巴瞬間射出毒液！

　　大夥兒趕緊使用飛行力逃開，但克里穆魔法學校的魔子*閃避不及*，被射中毒液後隨即倒地不起，他的伙伴趕緊帶着他離場治療。

　　現在，只剩下兩組隊伍。大夥兒的視線都集中在蜜雪兒及蕭媛兩組隊伍的競爭。

眼看時間只剩下最後三分鐘，兩組隊伍使盡**千方百計**，誓要抓捕黑牙蝙蝠。他們圍繞着黑牙蝙蝠使出定身力及各種魔法力，同時還需躲閃黑牙蝙蝠噴出的毒液，觀眾們看得**一頭霧水**，已經分不清哪位魔侍使出何種魔法力，也看不到毒液有沒有噴到他們。

　　突然，一個身影衝向了籠子！

　　「那是誰？」「是誰成功抓捕到黑牙蝙蝠？」「一定是芙蓉她們抓到了！」「黑牙蝙蝠真的有被抓到嗎？」

　　在大夥兒的猜測聲中，競賽結束的號叫聲驟然響起！第一輪競賽結束了。

　　籠子內，黑牙蝙蝠的身影果然出現在那兒。籠子前站着的，是蜜雪兒！

　　這時，觀眾羣響起了一片**哀怨聲**。

　　「竟然不是蕭媛和芙蓉那組抓捕到！」「太可惜了！」「蜜雪兒果然厲害！竟然抓捕到兩隻生物。」

大家**議論紛紛**，這會兒，貴賓席的克萊兒早已樂透半天。哈里斯太太不以為然地別過頭去。

　　場內，蕭媛和芙蓉一臉晦暗，蕭媛呵口氣，拍拍芙蓉的肩膀，道：「我們盡力了！」

　　這時，蜜雪兒意外地走了過來，對她們伸出友誼之手，道：「謝謝你們，讓我今天比賽比得很過癮！」

　　蕭媛很有風度地微微笑，與蜜雪兒握手道：「我們的確**技不如人**。」

　　芙蓉挑了挑眉，猶豫着要不要伸出手。

　　「可惜了！你們是不錯的對手。要不是遇上我，也許今年你們可以贏得競賽。」蜜雪兒傲氣地說。

　　芙蓉沉下臉道：「謝謝你那麼看得起我們。」

　　說完就拉着蕭媛一同走出場外。

第十章
賽事中斷

安妮達語氣振奮地宣布：「這一輪競賽，共有七組隊伍完成任務，也即是説，有七組隊伍能進入第二輪競賽——生物餵食賽。」

「請選手們先到休息室休息，再到備戰室用餐。下午一時正，觀眾和選手準備進場，一時半將進行第二輪競賽。現在，大家自由活動吧！」

安妮達説完，觀眾席上的魔侍們陸續離場，原本**人聲鼎沸**的競技場漸漸靜了下來。

沫沫和伙伴們都已筋疲力竭，大夥兒看到休息室的舒適躺椅，馬上湧過去，各自找了個位子**七零八落**地躺下來歇息。沫沫看到蕭媛和芙蓉，也沒有精力去安慰她們，大家在剛才的捕手追逐賽都使盡了所有力氣啊！

草草吃了午餐後，很快地，晉級的七組選手

準備進場。沫沫、米勒、仕哲及子研站起來，在蕭媛和其他同校選手的打氣中從備戰室走向競技場。

此時，觀眾席上已坐滿了羣眾，大夥兒拿着望遠鏡對場上的七組選手歡呼！

「請大家謹記，如果在競賽中喧嘩吵鬧，將會干擾到場內生物，影響選手的表現。」安妮達再次宣布。

觀眾們這才安份地坐在位子上。

「第二輪競賽，有七組選手參賽。第一組，赫美樂學校的蜜雪兒與魏齊飛；第二組，赫美樂學校的康寧與瑛升；第三組，克里穆學校的奧斯卡與湯普生；第四組，克里穆學校的塔譚與彥丘；第五組，墨蒂思學校的艾爾加與範里登；第六組，尼克斯學校的嚴沫沫與房米勒；第七組，尼克斯學校的齊子研與喬仕哲。」

「以上七組選手請準備。這一輪競賽，我們很幸運得到瀕臨絕種生物保護團體的協助，大

方借出三隻罕見生物來參與這次的競賽。我不會在這裏公布牠們的名稱，牠們的食物是什麼當然也不可能說給大家聽。」

子研朝沫沫他們小聲說道：「那就是大家都不知道牠們吃什麼，太好了！這輪競賽很公平！」

「你該不會將前兩天背完的圖鑑都忘光了吧？」仕哲皺一下眉頭說。

「嘿嘿，別這麼說，應該還記得一小部分啦！」子研不好意思地伸了伸舌頭。

這時奧斯卡旁邊的湯普生說：「那我們辛苦記下的食物圖鑑不是沒有用處？」

蜜雪兒瞥了他們一眼，道：「一位合格的魔物師當然需要記下所有圖鑑。你這樣的魔侍根本沒有資格參賽。」

湯普生不忿地想 **反駁** 她，奧斯卡趕緊岔開話題，問大個子塔譚旁邊的彥丘道：「你的傷勢還好嗎？剛才被飛刺蝗刺傷不是流了很多血嗎？」

彥丘看着包裹着紗布的右手臂，道：「剛才老師已經為我治療，應該沒問題。」

　　塔譚看着隊友，説：「我會看着他。」

　　正當大家等待着競賽號角響起時，講台突然傳來一陣吵雜的聲響，大夥兒都很好奇講台那兒到底發生什麼事。

　　不一會兒，安妮達的聲音響起，道：「對不起，**突發事件**，這一輪比賽宣布取消！」

　　「什麼？取消？為什麼？」「發生什麼事了？」

　　整個競技場騷動着，選手們也一陣譁然，大夥兒都在猜測各種原因。

　　「請大家合作，從速離開。第三輪競賽明天將照常舉行，散場！」

　　安妮達並沒有對取消競賽多加解釋，隨即競技場燈光陸續暗下來，大夥兒只好**意興闌珊**地退出場外。

　　選手們疑惑地走出場外，沫沫他們尋找着惡

神和咕嚕咚等老師詢問，但老師們似乎都忙着安撫外賓，只是簡單地跟他們說明競賽生物出了問題。

「出了問題？到底是什麼問題？」子研咕噥道。

這時一向**消息靈通**的谷方亭學姐湊過來，說：「我聽說那些瀕臨絕種的生物都動不了。」

「什麼？動不了？為什麼？」米勒驚訝地瞪

大了眼。

　　谷方亭看了看旁邊的外校選手，拉他們過去一旁，道：「好像是僵硬粉造成的僵硬症狀。」

　　「僵硬粉？為什麼牠們會被灑了僵硬粉？」沫沫問道。

　　「這我就不知道了。」谷方亭學姐聳聳肩，又溜去四處打聽了。

　　「僵硬粉是魔法溫室實驗室內的禁藥，怎麼

會被拿出來使用？」仕哲說。

　　沫沫臉色凝重地思索着，她這兩天心神不寧，有股不好的預感。

　　「科校長一直沒有出現，看來肯定有什麼不好的事正在發生。」沫沫暗忖，這時她似乎感應到什麼。她望向背後的競技場入口，但那兒早已關燈，暗沉沉的，什麼都沒有。

　　奧斯卡和艾爾加兩位二魔幫派在角落看着忙亂的現場，感到很興奮。奧斯卡悄聲說：「果然出事了。看來有魔侍趁着這次競賽搞鬼。」

　　「搞什麼鬼？」艾爾加興致勃勃地問。

　　「雖然不確定，不過……肯定跟我們之前查過的秘密魔侍團體有關。」奧斯卡自信地提了提嘴角說。

　　艾爾加頓時兩眼發光，二魔幫派對陰謀和秘密最感興趣了！

一隻灰貓站在競技場中央的銀絲網上，只見牠眼瞳放大了，裏頭出現一隻大眼珠。眼瞳內的眼珠**難掩喜色**，這時灰貓發出沙啞的聲音道：「這回怪手終於完成任務，順利將竊取的僵硬粉施行在競賽生物上。看來你找的壞脾氣魔子還挺有用處，居然有這麼稀奇的寵物。」

　　灰貓突然換成另一種陰柔聲線，說：「這也是凱爾的功勞。要不是凱爾，我也沒機會對魔法學校的老師和同學行使傀儡力。」

　　凱爾正是這隻被施行附着力的灰貓。灰貓又換回沙啞的聲線發出嘶笑，繼而哼了一聲，道：「看這些**假仁假義**的魔侍還能囂張多久！」

　　「很快，我們就能實現我們的**宏圖大志**了！」陰柔聲線回說。

　　灰貓朝前方踱步，跳下銀絲網後，突然隱去了身影。

第十一章
不擇手段

　　這晚，選手及老師都睡不安穩，大夥兒似乎都在擔憂明天的競賽能否順利進行。

　　就這般，在一片疑雲中迎來了第三輪競賽項目。

　　這一場競賽採用全程轉播的方式，觀眾仍舊坐在競技場內原有的位置，透過一個大熒幕觀賞七組選手的競賽情況。濕土林上方將有幾個無人機追蹤七組選手的行蹤，並將影像傳到熒幕。

　　沫沫和伙伴早早就來到競賽地點——坎德瑞濕土林外等候。

　　沫沫注意到入口處出現了幾位陌生面孔，大夥兒都對這幾位魔侍感到很好奇。

　　此時，蕭媛及芙蓉走了過來。

　　「我們會在競技場幫你們打氣，加油！」蕭

媛說。

「你們可別輸給蜜雪兒，她太**傲慢**了！絕對不能讓她獲勝。」芙蓉仍對昨天競賽被蜜雪兒盯上而不爽快。

沫沫和伙伴們向她們道謝後，就走去準備。

「今天要馴服的，究竟是什麼生物呢？」米勒緊張地問。

大夥兒聳聳肩，一切都只能等到競賽時才揭曉。很快地，麥克風傳來熟悉的聲音。

「選手們請進場！」安妮達宣布道，「這一回，除了選手，將有幾位麒麟閣士進駐濕土林。競賽期間，他們會在緊急狀況**施予援手**，所以請各校參賽者安心。接下來，是這一輪競賽環節的生物資料，選手們必須在六個小時內抓捕指定的生物……」

「原來剛才在濕土林外的幾位陌生魔侍，是學校請來的外援助手。看來為了防止意外發生，學校請來麒麟閣士幫忙駐守現場……」

沫沫俯思着，對懷裏的羅賓說：「羅賓，待會兒你可要幫忙看着大家。」

羅賓似乎也察覺到即將面對無法預知的凶險，不敢有半點輕忽地領首噤聲。

當觀眾在競技場入座後，代表競賽開始的號角再度響起。

七組選手立即出動去尋找指定生物！

安妮達剛剛宣布了目標生物是獨角蜥蜴和血吸蟲。這兩種生物生長於這片濕土林，屬於極難馴服的生物，至今幾乎沒有魔侍成功馴服過牠們。

「只要馴服其中一種，就可以取得初階魔物師資格！」安妮達在廣報中提到。

選手們四處搜尋，但想在這片潮濕的樹林中尋找到牠們，簡直難如登天。

「獨角蜥蜴擅於偽裝，而且行動非常敏捷。跟一般蜥蜴不同之處在於牠們能潛入水中，而且牠們偽裝術非常厲害，連沙石的材質都能模仿。而

血吸蟲個子非常細小，身長大約只有一公分，牠們通常鑽進泥塊中築巢，想找到牠們，也許要將泥塊都敲碎才有可能發現牠們的身影。」沫沫說。

「哇！這裏這麼大，要怎麼找？不可能每片泥塊都去敲打，每一片土地都去檢查啊！」子研噘噘嘴道。

「找不到也得找。」仕哲說，他可是**穩紮穩打**的務實派。

於是，他們兩組分頭去搜尋目標生物。

時間已過去三個小時，接近正午的樹林開始悶熱起來。

潮濕空氣中的水分因為猛烈日曬而逐漸蒸發，大夥兒感到全身濕黏，非常不舒服。濕土林內的**蚊蟲蛇蟻**也紛紛出沒，大夥兒尋找的同時還得防範着不讓這些麻煩生物纏上或攻擊。

米勒昨晚因為過於擔憂沒能睡好，睡眠不足加上悶熱天氣讓他不禁**昏昏欲睡**。

就在他對着一座泥墩敲擊，搜尋血吸蟲時，終於忍不住打起了瞌睡。他沒有察覺到一隻大鉗蜈蚣正悄悄爬進他的褲腳。

等到他感到刺癢而甩動衣服下擺時，才發現大鉗蜈蚣已鑽到他的腹部！

米勒咿呀怪叫地抖動身體，沫沫趕緊衝過來，在大鉗蜈蚣竄到米勒頸項，露出身影時及時使出定身力：「斯達地落，定！」

大鉗蜈蚣定在米勒耳邊，差點兒就鑽進他耳朵裏頭。

米勒**哭喪着臉**，慢慢轉過頭，將僵硬了的大鉗蜈蚣抓住，用力丟了出去！

「呵！你不知道，我快嚇死了！謝謝你，沫沫！」米勒**心有餘悸**地說。

「你還是跟我一起行動吧！我感覺這座樹林有一些不對勁。」

「哪裏不對勁？」米勒着急問道。

沫沫晃了晃頭，道：「我也説不上來。直覺吧！」

沫沫説着，望向**危機四伏**的濕土林。

「不知道仕哲和子研他們怎麼了？」

此刻，仕哲和子研正與一隻紅斑蟒蛇搏鬥。子研為了熏出血吸蟲，使用了發臭力，結果居然熏出一條罕見的兇猛紅斑蟒蛇！

身軀巨大的蟒蛇朝他們倆迅速竄過來，仕哲對準蟒蛇使出催眠力，但紅斑蟒蛇周遭有無數小小的飛蠅環繞，因此催眠力無法對紅斑蟒蛇生效，子研使出的定身力當然也無法發揮效用，他們驚愕間，巨蟒已將兩人捲了起來！

兩人的修行助使——毛利和布吉急忙想使用火箭沖，但牠們也被緊緊地夾在蟒蛇密實的身軀

中，根本鑽不出來。

競技場內觀看轉播熒幕的羣眾緊張得大叫起來！

「不是說有麒麟閣士看守嗎？他們呢？他們在哪裏？」咕嚕咚着急質問道。

惡神和凌老師立即站起來，運用緊急機制——搬運緞帶，立時趕到現場。

就在他們趕到時，巨蟒卻已灰溜溜地竄進樹林中逃逸而去。

仕哲及子研因為被蟒蛇捆住而受傷了，惡神趕緊扶起他們，並問：「是誰將蟒蛇趕走？」

子研訥訥說不出話，仕哲嗆咳兩聲，終於得以順暢地呼吸，回道：「我看不清楚，剛才紅斑蟒蛇將我們甩出去時，突然間停止動作，將我們鬆開來了！」

惡神皺一下眉，馬上運用飛行力飛到半空巡視，卻什麼也沒發現。

他回到仕哲他們身邊，說：「你們傷勢不

輕，必須退出競賽。來吧！我會用魔法緞帶帶你們出去。凌老師，可以請你拿出搬運緞帶──」

這時，惡神赫然發現凌老師不見了蹤影。

「沒關係，我們可以自己走出去。」仕哲說着，扶着子研往前走去。

惡神想起剛才凌老師曾經**半途離席**。

「難道凌老師是內奸？」

惡神狐疑地看看四周，領着他們走向出口。

就在剛才，被施行了傀儡力的凌老師離開了座位，運用搬運緞帶來到濕土林外，對看守的魔侍使用了催眠力，再隱身進到濕土林內，將駐守在裏頭的麒麟閣士逐一催眠。麒麟閣士沒料到凌老師會突然攻擊他們，因此都不幸遭到**伏擊**，並被帶到尼克斯魔法學校的湖邊小屋。凌老師對他們灑下迷醉粉，讓他們昏睡過去。執行完任務

後，凌老師回到競技場座位，如夢初醒地繼續觀賞競賽。

這會兒，被操控的凌老師離開惡神後，隱身暗中尋找着濕土林的秘密生物。這隻生物沉睡在地底下，他必須找到牠，將牠釋放出來。

這邊廂，沫沫似乎已經找到獨角蜥蜴的蹤跡，她發現了土坡上有一條微微抖動的細長尾巴。

沫沫觸摸及觀察尾巴的情況，道：「獨角蜥蜴在緊急狀況會斷尾求生。看來這隻獨角蜥蜴應該遇到什麼危險。」沫沫對米勒說。

「那我們得快點找到牠，以免牠受到傷害！」米勒擔憂地說。

「嗯，牠應該還在附近！」

說着沫沫和米勒朝周邊的樹木和泥墩仔細檢查敲擊，羅賓也飛行於樹叢間幫忙尋視。

突然，遠處傳來**一聲慘叫**！

沫沫和米勒想也不想就使用飛行力飛了過去。他們找到聲音來源，那兒站着蜜雪兒和塔譚那組隊伍。奧斯卡、艾爾加和康寧三組隊伍也趕了過來。

「怎麼了？」米勒問道。這時，他們發現彥丘手臂的紗布脫掉了，傷口上居然有一撮血吸蟲吸附在上面！

沫沫、蜜雪兒和塔譚同時使用拔除力：「梅達基泥息，拔除！」

頓時血吸蟲一隻隻被拔出彥丘的傷口，但這導致彥丘更**痛楚不堪**，痛得發出一聲嗷叫！

血吸蟲被拔除後立即又竄進泥土中，蜜雪兒馬上使出定身力，但牠們速度太快了，結果一隻也沒能定住。

「呼！血吸蟲真是太狡猾了！」蜜雪兒氣呼呼地説。

塔譚這時生氣地一掌摑向蜜雪兒，但蜜雪兒

機警地使用速度力閃去後方。

「大家好好說話啊！打架可是會出局的！」艾爾加過來勸架道。

「她太過分了！居然對彥丘使用魔法力！讓他的傷口暴露給血吸蟲！」塔譚憤怒地喊道。

大夥兒**不可置信**地看着蜜雪兒。

蜜雪兒冷哼一聲，道：「大家找了那麼久都看不到血吸蟲的蹤影，繼續找下去也是毫無功用，最快的方法當然是利用血吸蟲喜歡的血來引牠出來不是嗎？」

「那也不能利用彥丘的傷口！你不自己弄傷自己，引出血吸蟲？」米勒忿忿地說。

「有現成的傷口，我為什麼要故意弄傷自己？」蜜雪兒似乎覺得米勒的問題很**笨拙**。

沫沫雖然生氣，但眼下必須先幫彥丘止血，於是，她再度使用風乾力，讓彥丘的血止住。

蜜雪兒看看手錶，不悅地說：「還有不到兩小時比賽就結束了，到時大家一起灰頭土臉地走

出去吧！」

蜜雪兒非但沒有一絲悔意，還**理直氣壯**地喚着伙伴快點繼續搜尋去了。

奧斯卡對艾爾加使了個眼色，他們兩組隊伍決定跟在蜜雪兒後方追尋目標生物。

塔譚歎口氣，憤怒地說：「**不擇手段**的可怕魔女！絕對不能讓她取得魔物師資格！」

說着高壯的塔譚兩手抱起彥丘，對沫沫他們說：「彥丘傷勢嚴重，我們選擇退出。你們要多加小心！」

沫沫及米勒**目送**他們離去。

「走吧！既然參加了，就堅持到底。」沫沫說。

米勒點點頭道：「嗯！我們好不容易找到獨角蜥蜴的線索，可不能放棄。牠可是在等着我們搭救呢！」

說着兩位伙伴循着之前找到蜥蜴斷尾的方向奔去。

第十二章
意想不到的敵人

隱身後的凌老師將附近的無人機調整成自動重播模式，再現出形體。

只見他**雙目無神**，掃視周遭，然後循着出口處走去。走着走着，他驟然醒覺過來。

「我怎麼在這裏？」凌老師發愣想了想，兀自點頭道：「對啊！剛才有魔侍被蟒蛇襲擊了！」

凌老師四下看着，卻不知該往哪裏尋找，突然，他感到身後似乎有人，當他轉過頭去時，空氣中有把聲音唸道：「斯達地落，定！」

凌老師身體被定住了。

「你是誰？為什麼**鬼鬼祟祟**把我定住？」凌老師驚愕問道。

此時，隱身魔侍現出原形，對他說：「我來

幫你解除傀儡力。」

「傀儡力？你説什麼？我被施行了傀儡力嗎？」

「對。」

只見那魔侍取出個尖嘴瓶，裏頭裝着清澈的水。他倒在蓋子上遞給凌老師，道：「這是雪狐蟲沐浴過的湖水，喝下去能逼出體內的傀儡蟲。」

凌老師看着瓶子再看看那魔侍，終於接過來**仰頭喝盡**。

下一秒，凌老師胸腔突然竄出一條細線般的蟲子，那魔侍立即將牠定下來，放進一個密封罐子內。

「你到底是誰？」凌老師**訝然**問道。

魔侍呵口氣，説：「我是誰不重要。現在問題是你剛才是否釋放出不該放出來的生物。」

說着那魔侍衝向天空的同時，隱去了身影，留下愕然站在原地的凌老師。

「我釋放出不該釋放的生物？」他兩眼一瞪，赫然道：「難道我把牠放出來了？」

「不！選手們會沒命的！」

凌老師着急地飛上半空，朝四周尋覓選手們的身影。

沫沫循着獨角蜥蜴的足跡追蹤，來到一處土坡卻失去了蹤跡。

沫沫看了看四周的地勢，道：「獨角蜥蜴應該是鑽進土裏藏起來了。」

「呼！那表示牠應該沒事，對嗎？」米勒鬆了口氣。

「是吧！」

沫沫狐疑地推敲道：「不過，牠到底遇到什麼危險呢？」

正疑惑間，不遠處傳來驚叫聲。

「是蜜雪兒的聲音！」米勒說。

他們趕緊飛撲去聲音傳來的地方。

奧斯卡和艾爾加兩組隊伍使用速度力緊隨蜜雪兒穿行於濕土林中，並暗中觀察他們追查線索。

「我們為什麼要**偷偷摸摸**跟蹤蜜雪兒他們？」艾爾加的伙伴範里登問道。

艾爾加看向奧斯卡，奧斯卡回說：「跟着他們準沒錯，蜜雪兒肯定會想盡辦法找到目標生物。」

範里登恍然大悟，四人繼續暗中觀察及追蹤蜜雪兒他們。

他們繼續跟蹤了一刻鐘左右，蜜雪兒突然顯得很興奮的樣子，然後他們對着一道**雜草叢生**之處施行顯露力：「阿捕卡匿不躲，顯露！」

草叢頓時被撥開來，此時，一隻幼小的獨角蜥蜴顯露出蹤影！

蜜雪兒正要施行定身力，奧斯卡卻搶先對獨角蜥蜴唸出咒語：「耶勒勾斯，過來！」

幼小的獨角蜥蜴在驚慌中跑向奧斯卡。

奧斯卡**輕而易舉**地抓住獨角蜥蜴，準備對牠施行催眠力，但蜜雪兒也不是省油的燈，她迅速衝過來，想用對換力將獨角蜥蜴與一撮木枝對換過來，誰知艾爾加預先知道她的意圖，將蜥蜴搶奪而去！

「你們！是我先發現牠！快還給我！」

「不，誰先搶到就是誰，你說對不對啊？」

艾爾加問奧斯卡，奧斯卡揚起嘴角，得意地說：「當然對！現在蜥蜴在我們手上就是我們的！」

「你們簡直是**強盜**！不行，快還給我！」

說着，蜜雪兒竟然對艾爾加施行定身力，艾爾加一時大意，竟被定了身，手上的獨角蜥蜴就

這般被奪了回去。

「你犯規！不可以對魔侍施行魔法力！」奧斯卡怒喝道。

「那又怎樣？是你們犯規在先，我只是以其人之道還治其人——」

蜜雪兒還未說完，地上的泥土突然升上來，蜜雪兒整個人被提到樹頂那麼高！

大夥兒驚異地張大嘴巴，艾爾加道：「是地震嗎？」

奧斯卡啞然晃頭，眼珠緊盯着凸起的土坡，下一秒，有隻生物竟**破土而出**！

第十三章

痛苦的回憶

　　沫沫和米勒趕到時，見到令人不能置信的畫面——一隻長得像蜥蜴又像龍的生物竟然將蜜雪兒抓在爪子中！而蜜雪兒的伙伴魏齊飛則已經被**擊暈**過去倒在地上。

　　「這到底是什麼？」米勒驚恐問道。

　　這時康寧那組隊伍及凌老師也趕至，凌老師驚訝地看着那迅速竄動的生物，道：「是遁土龍！」

　　「遁土龍？為什麼牠會出現在這裏？」沫沫急忙問道，同時對着遁土龍使出控制力，但遁土龍卻聰明地轉過頭去，蜜雪兒驚叫：「啊——救命！快救我！」

　　「遁土龍是受保護的神秘物種，一直被保護在濕土林的地底下。」凌老師邊說邊飛上去對遁

土龍施行具攻擊性的燃火力，但遁土龍沾着泥巴的爪子往身上一抹就滅掉了火。

「是我的錯！我被施行傀儡力，將牠放了出來！」

凌老師非常懊悔，他使勁全力施行各種魔法力，如控制力、催眠力、燃火力，並吩咐大家：「快！得把握時間救出蜜雪兒！」

大夥兒迅速圍攏向遁土龍。

此刻，競技場觀眾席上的魔侍對突發狀況毫不知情，他們還在看着之前攝錄鏡頭的回轉畫面。

這邊廂，沫沫、米勒、奧斯卡及艾爾加等魔侍追着遁土龍，同時施行魔法力，但遁土龍善於應用山林地勢遮蔽，動作極快，他們根本沒辦法對牠行使出有效的魔法力。突然，有隻生物竄了

出來飛到半空，尖叫着衝向遁土龍！

「是獨角蜥蜴！」米勒驚呼道。

獨角蜥蜴衝向遁土龍的頭部撞擊，尖利的角正中遁土龍的臉部！遁土龍嗷叫着迅速掃動尾巴，沫沫他們被迫四處**閃避**巨尾的攻擊！

獨角蜥蜴繼續用牠的獨角攻擊遁土龍，並呼喚蜜雪兒懷中的小獨角蜥蜴。

「原來那是牠的幼兒，可憐的獨角蜥蜴！」米勒憂愁地說。

「小心！絕對不能讓遁土龍遁地，牠遁進土裏我們就什麼都做不到了！」凌老師**警告**道。

奧斯卡、艾爾加和康寧三組隊伍對着地面行使幻想力、遮蔽力和質變力，為的是不讓遁土龍遁進地裏，沫沫和米勒則繼續施行定身力、催眠力或對換力等魔法力。遁土龍面對一堆魔侍的攻擊，又驚又怒，發狂般四處亂竄。不一會兒，艾爾加、範里登、康寧及湯普生都被牠強勁的力道**波及**，受傷後四散跌落地上昏死過去。

奧斯卡氣極，抓起地上的爛泥朝遁土龍奮力扔了過去，想不到居然打中牠的臉部，遮住了牠的視線！

　　「趁現在！快！」凌老師喊道。

　　誰知遁土龍甩甩頭，沾着泥塊的眼珠發現地上有一條縫，立即往那兒竄，凌老師瞬即使用質變力讓泥地變成石灰地，然而遁土龍硬是衝破堅硬的石灰，轉眼間遁進土裏去了！

　　「不好！」凌老師大叫着追了過去，但此時，土堆前的空間驟然迴旋起來，大夥兒都被一股強勁的風逼退幾米之外！

　　就在剛才**千鈞一髮**之際，沫沫的預感驟然被觸動了，她毅然尾隨遁土龍鑽進地裏，並且不期然地使出離心魔法力：「飛裏割特落斯——地納迷，離！」

　　大地頓時陷入一片昏暗，朦朧中，沫沫看到一位魔子，他將手裏抱着的小女孩交給另一個魔子，女孩哭鬧着不讓魔子離去。

「他⋯⋯是誰？另一個魔子好熟悉⋯⋯」

沫沫赫然睜大了眼。那是她小時候的痛苦記憶！

這是行使離心魔法力的副作用，即在施行魔法力的同時浮現不好的回憶。

沫沫以為自己對幼兒時期的事毫無記憶，但此刻內心深處的**痛苦回憶**呈現在她眼前！

「那是農叔，另一位⋯⋯是我的親生爸爸？」

沫沫呢喃着，此時空氣中傳來一道聲音，說：「*沫沫，你是我們的珍寶。我們一直都在守護着你。*」

「你是誰？」沫沫驚慌問道。

「你不是已經知道了嗎？」

此時，周遭漸漸明亮起來。

沫沫發現自己和昏厥過去的蜜雪兒、獨角蜥蜴母子位於一處**荒涼**的沙漠。

「這是哪裏？」

沫沫看到地上擺着一條搬運緞帶。

她拿起搬運緞帶，自語道：「是爸爸將我搬運到這裏？他是不想讓別人看見我的痛苦回憶？」

沫沫看着荒蕪的沙漠，眼眶不禁**濕潤**了。

「爸爸一直都在守護着我。」沫沫心裏感到暖暖的。她堅強地笑了笑，對獨角蜥蜴說：「我們回去原來的地方吧！」

獨角蜥蜴似乎聽懂沫沫的意思，牠抱着懷裏的幼兒，緊靠向沫沫。

只見沫沫手裏一拋，搬運緞帶「嘭」地消失於空中，下一秒，沫沫已回到濕土林的狼狽現場。

凌老師看到沫沫和蜜雪兒驟然出現，一顆懸着的心終於放下來，米勒則跟羅賓**喜極而泣**地對沫沫囉嗦慰問不停。

蜜雪兒這時也醒覺過來，悻然問道：「我沒死，對吧？」

138

奧斯卡冷哼一聲，道：「壞人通常不會這麼容易死去。」

　　蜜雪兒看着自己全身沾滿爛泥的狼狽模樣，一副**欲哭無淚**的樣子。

　　這時，惡神、哈里斯太太、咕嚕咚及克萊兒等老師出現在他們跟前，他們剛剛才察覺到濕土林出了狀況，立即運用搬運緞帶趕來。目睹現場的淒慘狀況後，部分老師運送昏厥的魔侍到醫療室，部分老師攙扶**飽受驚嚇**的選手走出濕土林，緊接着哈里斯太太及咕嚕咚又到湖邊小屋，喚醒被灑了迷醉粉昏睡過去的麒麟閣士。

第十四章
守護

這一屆的魔物師競賽就此畫下句點。

雖然沫沫和米勒這一組成功馴服獨角蜥蜴而獲勝，但大夥兒都沒有心情慶祝，這一屆受傷的選手太多，突發狀況讓大家心有餘悸。

魔侍世界似乎被一片**愁雲慘霧**籠罩着，大家都感知到某股邪惡力量悄無聲息地蔓延着，並已侵蝕他們的和平生活。

沫沫在走出濕土林之前，想起第一輪競賽時耳邊響起的話語：選定目標，勇往前行。

她回過頭，喃喃對着空氣說道：「我知道你在這裏，謝謝你給我的提示。我相信我們見面的

日子很快就會來到。」

待沫沫離去後，有位魔子顯現身影。他正是人稱「神隱王」的森平，也即是沫沫的親生父親。

多年前古長者預測到傀儡蟲將會肆虐魔侍世界，於是交付森平尋找傀儡蟲解藥的職責。森平也**不負所望**，在科靜的協助下找到了解藥。

由於科靜被不凍湖內的怪物——一種喚作水膠葵的無色無形生物弄傷，必須留院治療，因此森平代替科靜趕到尼克斯魔法修行學校，使用他最在行的隱身力隱身於校園內，暗中支援魔物師競賽，也趁此機會近距離靠近沫沫。

期間，他解除了迷醉粉施行於賓客毛巾上的危機，後來更在危急時刻驅逐了紅斑蟒蛇，拯救了仕哲和子研。

雖然他無法現身與沫沫見面，但**默默守護**着沫沫，知道她平安健康，就已是森平最大的滿足。

「沫沫，我們會再見的。」

說着，森平往天空飛去，迅速隱去了身影。

　　新學年開始了，沫沫和伙
伴們對於教導他們魔法力實踐課
的老師感到非常好奇。誰知老師竟
是個令人大跌眼鏡又懼怕的魔侍！

　　沫沫被怪手陷害而無法動彈，還因
此失去尋找組員的時機，她必須獨自
完成老師吩咐的作業，沫沫陷入前所
未有的孤獨感。

　　沫沫完成作業時，巧遇迷路的
人類弗李維。她不小心洩露了魔女
的身分，並跟弗李維成為朋友，
觸犯了魔侍守則。

　　與此同時，邪惡魔侍發現有人類
踏進魔侍世界範圍，對弗李維伸出魔
爪……

**想與沫沫一起探索魔法世界？
請看《魔女沫沫的另類修行10》！**

魔女沫沫的另類修行9

魔物師競賽

作　　者：蘇飛

繪　　圖：Tamaki

責任編輯：黃稔茵

美術設計：李成宇

出　　版：新雅文化事業有限公司

　　　　　香港英皇道499號北角工業大廈18樓

　　　　　電話：(852) 2138 7998

　　　　　傳真：(852) 2597 4003

　　　　　網址：http://www.sunya.com.hk

　　　　　電郵：marketing@sunya.com.hk

發　　行：香港聯合書刊物流有限公司

　　　　　香港荃灣德士古道220-248號荃灣工業中心16樓

　　　　　電話：(852) 2150 2100

　　　　　傳真：(852) 2407 3062

　　　　　電郵：info@suplogistics.com.hk

印　　刷：中華商務彩色印刷有限公司

　　　　　香港新界大埔汀麗路36號

版　　次：二〇二四年四月初版

ISBN: 978-962-08-8371-2